I0554350

www.ingramcontent.com/pod-product-compliance
Lightning Source LLC
Chambersburg PA
CBHW050858180626
46814CB00007B/2779
* 9 7 8 8 7 9 9 4 6 8 4 6 1 *

تو هم آرام می‌گیری

دیار کتاب
DIYAR-E
KETAB

تو هم آرام می گیری

(رمان)

چاپ دوم

با دگرگونی‌هایی به پیشنهاد خوانندگان

مسعود کدخدایی

دیار کتاب
DIYAR-E KETAB

۱۳۹۶ (۲۰۱۷)

تو هم آرام می‌گیری (رمان)
مسعود کدخدایی

طرح جلد: قادر شافعی
چاپ نخست: ۱۳۹٤ (۲۰۱۵)
چاپ دوم: ۱۳۹٦ (۲۰۱۷)
نشر دیار کتاب: کپنهاگ
شابک: ۹۷۸۸۷۹۹٤٦۸٤٦۱

۱

ایستاده‌ام وسط این اتاق. تنها. مثل کسی که تازه از خوابی طولانی و سنگین بیدار شده و خودش را در مکانی غریب می‌بیند.

تک تکِ چیزها را می‌شناسم. بیشتر آن‌ها را با هم خریده‌ایم، اما نسبت به هیچ‌کدامشان احساس مالکیّت نمی‌کنم. در این‌جا هیچ چیزی نمی‌بینم که به من ربطی داشته باشد. من در اتاقِ نشیمنِ خانه‌ی خودم غریبه هستم!

این اتاق یک مکعب مستطیل است با دیوارهای سفید و آشپزخانه‌ای باز که روی‌هم چهل- پنجاه متری مساحت دارد. نه طاقچه‌ای در آن هست و نه رَفی. مثل نود درصد خانه‌های اجاره‌ایِ این کشور است. چیزهایی مثل گلدان و شمعدان‌های پایه‌بلند روی زمین چیده شده‌اند. یک تلویزیونِ نازک و بزرگ به دیوار نصب شده که روبه‌روی آن مبلی چرمی و سیاه، با پایه‌های استیل گذاشته شده. خیلی شیک و مدرن. سبکِ اسکاندیناویایی. یک میز غذاخوریِ شش نفره‌ی شیشه‌ای هم زیر پنجره است با پایه‌های استیل که از تمیزی برق می‌زند. سرد و صیقلی با شش صندلیِ استیل که نشیمنِ چرمیِ سیاه دارند.

"من وسط این اتاق ایستاده‌ام و بالای سرم چراغی نیست. اینجا چراغ‌ها پایه‌دارند و بسته به بلندی و کوتاهی‌اشان، یا کف اتاق و یا روی چیزی گذاشته می‌شوند. اینجا نور از بالا نمی‌آید. این جمله‌ی جالبی است! الهام از طبیعت است شاید. نور از بالا نمی‌آید. آخر اینجا نزدیک قطب است. اینجا خورشید هم در سطح تو می‌ایستد و نه بالای سَرَت. کارگزاران دین و دانش و سیاستش هم در کنارت یا در برابرت می‌ایستند. وقتی با آن‌ها روبه‌رو می‌شوی، می‌توانی

در چشمشان نگاه کنی. شاید برای همین است که در دانمارک هیچ‌وقت انقلاب نشده. این را برای اولین بار از پدرم شنیدم."

حالا یک دور دورِ خودم می‌چرخم. آرام. به تابلوها نگاه می‌کنم. قاب همه‌ی آن‌ها نقره‌ای و برّاق است. انتخاب من نبوده‌اند. در همه‌ی تصویرها رنگِ آبی خودش را بیشتر از هر رنگِ دیگری نشان می‌دهد.

پدرم می‌گفت "تو هم آرام می‌گیری". وقتی سر از دانمارک درآوردم، گفت خوب است. آن‌جا جزیره‌ی آرامش است. هیچ‌وقت در آن انقلاب نشده و برای تو جای بسیار خوبی است. گفتم اما دانمارک یک جزیره نیست. گفت می‌دانم، این یک اصطلاح است.

بارها گفت "تو هم آرام می‌گیری" اما پس از این‌همه سال، هنوز آرام نگرفته‌ام. از کجا معلوم؟ شاید اگر تصمیم را عملی کنم دیگر بتوانم آرام بگیرم. باید تمامش کنم. هرجور که شده.

چه‌طور به اینجا رسیدیم؟

برای فهمیدنش ناچارم که همه‌چیز را از همان اول، برای یک‌بار هم که شده، به‌طور خطی برای خودم بازگو کنم. مثلِ یک خط راست. به ترتیبِ تاریخ. از همان شروع آشنایی. باید حواسم را جمع کنم که از خط اصلی هم دور نیفتم. همین‌جوری راست، مثل اسبی که برایش چشم‌بند زده‌اند، باید خط اصلی را بگیرم و بیایم جلو تا ببینم چه‌طور به این‌جا رسیده‌ایم. می‌خواهم همه چیز را بنویسم تا ثبت شود. می‌خواهم ببینم که چرا احساساتِ من مثل موج‌های دریا بی‌وقفه در تلاطم است.

اما از کجا شروع کنم؟ باید خطایی کرده باشم. باید بگردم و آن را پیدا کنم.

کف این‌جا از چوبِ تیره‌ی لاک خورده است. خیلی صیقلی است. چنان است که آدم باید مواظب راه رفتنش باشد که روی آن لیز نخورد. من در

اتاقی که فرش توی آن نباشد احساس "در خانه بودن" نمی‌کنم. در این اتاق دو تکّه موکتِ نه‌چندان بزرگ هست که طرح‌های مدرن و ساده‌ای دارند. یکی با زمینه‌ی سیاه که زیرِ میزِ غذاخوری است، و یکی هم سفید که آن را زیر این میزِ شیشه‌ایِ جلویِ مبل انداخته است.

دیوارهای سفید، تابلوهای آبی، ترکیب شیشه و فلز برّاق! سرد است اینجا!

همه چیز در این اتاق چنان به دقت چیده شده، که حتا اگر یک سوزن - به هر علتی- در آن ظاهر شود، چنان جیغ می‌کشد که ناچار می‌شوی تا کر نشده‌ای، هرچه زودتر آن‌را برداری. میز و کمد و همه‌ی چیزهای دیگر این اتاق زاویه‌های تیز دارند. آن‌روز یک مجله را ورق زدم و وقتی دیدم چیز دندان‌گیری ندارد آن‌را انداختم روی میز. تا آمد توی اتاق، با چشم‌غرّه‌ای زاویه‌اش را با زاویه‌ی میز تنظیم کرد.

آن موقع که دانشجو بودم، این کلمه‌ی "پرفکسیونیسم" خیلی نظرم را جلب کرده بود. به‌فارسی آن را "کمال‌گرایی" ترجمه کرده‌اند. "وسواس" هم از مترادف‌های آن است. کتایون پرفکسیونیست است. حالا اگر مترادفش را جلویش بگذاریم، می‌توانیم نتیجه بگیریم که او بیمار است، چون وسواس یک نوع بیماری است. البته او می‌گوید این منم که بیمارم. می‌گوید وقتی نمی‌توانم در شرایطی به این خوبی و در خانه‌ای به این زیبایی احساس آرامش کنم، نشان‌دهنده‌ی این است که بیمارم. من هم می‌گویم تو دیگر خیلی دانمارکی شده‌ای که به این خانه می‌گویی "زیبا".

خودش می‌گوید از نظر او پرفکت یعنی اینکه همه‌چیز هماهنگ باشد. چیزها با هم هارمونی داشته باشند. لابد مثل همین خانه که به نظر من مثل اتاقِ انتظار یک شرکت مدرن یا یک بیمارستان است. همه‌چیز از استیل و شیشه. استرلیزه. سِتروَن. چشمه‌ی شعرم هم در این‌جا خشکیده است. من در

ایران شعر می‌گفتم. اما در طول این سال‌ها، در این‌جا فقط توانسته‌ام یک شعر چند خطی بگویم:

"تو هم آرام می‌گیری
بر "تختِ پروکوست"
یا در "قصر" کافکا
مانند مستر «ک»

این‌جا نه می‌شود لم داد و نه احساس راحتی کرد. همین‌جور باید سیخ بنشینی و مؤدّب. تا به این اتاق- که ناسلامتی اتاق نشیمن است- وارد می‌شوم، اولین فکرم این است که چه کنم تا یادم برود که این‌جا چه شکلی است. پس اولین کارم این است که تلویزیون را روشن کنم. امروز تا صدای تلویزیون را شنید، آمد نگاهی کرد و گفت:

"بازم که اومدی مثِ فُک‌های کنار ساحل افتادی روی این مبل! این پشتی‌ها برا تکیه دادنه نه زیر آرنج."

گفتم:

"اشیاء برای ماست، یا ما باید در خدمت اشیاء باشیم؟"

گفت:

"اگه می‌دونستی چه‌قده وقت صرف انتخاب اینا کرده‌ام، این‌جوری نمی‌گفتی!"

می‌گوید همه‌ی این کارها را می‌کند تا محیطی پر از آرامش برای من به‌وجود بیاورد! می‌گوید اگر چشم‌هایم را باز کنم و خوب ببینم، می‌فهمم که او یک بهشت برای من درست کرده است.

یک بهشت! آن‌هم برای من!
برای من؟
بهشتِ من؟

یک روز گفت:

"مگه بهشت چیزی غیر از یه مجموعه‌ی هماهنگه؟ حالا یه نگاهی به دور و برت بنداز. این تابلوها، مبلمان، این دو تیکّه موکتِ ساده و باکلاس..."

منظورش این است که این‌جا کامل است و دیگر نباید چیزی در آن جابه‌جا شود. هر فکر تازه‌ای که بخواهد وارد این فضای استرلیزه شود، کتی می‌ترسد که نکند حامل ویروس و باکتری باشد!

حرفش زیاد هم بی‌ربط نیست. این‌جا شباهت‌هایی به بهشت دارد. یکی از شباهت‌ها این است که در بهشت کسی فکر نمی‌کند! آدم وقتی فکر می‌کند که بخواهد کاری بکند و یا در چیزی تغییری بدهد. شاید برای همین است که من تا به این خانه می‌آیم می‌روم دراز می‌کشم جلوی تلویزیون. نه می‌شود میخی به دیوارش کوبید، نه صندلی یا میزی را جابجا کرد.... آخر قرار نیست که در بهشت اتفاقی بیفتد!

می‌روم کنار پنجره بیرون را تماشا می‌کنم. یک محوطه‌ی بزرگ چمن این جلو هست. چهار دور آن را این ساختمان‌ها با نمای آجر قرمز گرفته است. مثل همان آجرقرمزهایی است که در ایران پادگان‌ها را با آن‌ها می‌ساختند. پنجره‌ی این خانه‌ها کوچک است. آدم یاد قلعه می‌افتد. وسط چمن‌ها، محلّی برای بازیِ بچه‌ها درست کرده‌اند که بیشتر وقت‌ها هیچ بچه‌ای در آن نیست. این‌جا هرسال که آمار می‌گیرند، جمعیّت یا رشدی منفی دارد یا بسیار اندک.

یک درخت هم جلوی این پنجره است که یک لانه‌ی دست‌ساز برای پرنده‌ها رویش نشانده‌اند. چند وقتی است که این آشیانه خالی است. مثل بیشتر روزهای سال.

لانه‌ی پرنده‌ای که دوتا پرنده توی آن نباشد که نوک به هم بسابند و آواز بخوانند، و زمان زیادی هم خالی افتاده باشد، دیگر زباله‌ی مزاحمی است. نیست؟ هروقت چشمم به این لانه می‌افتد، غمم می‌گیرد. پیش از این، دوتا سول‌سورت توی آن بودند. سول‌سورت به فارسی می‌شود خورشید سیاه.

ترکیبی عجیب! البته اگر دلت گرفته باشد، ممکن است خورشید را هم سیاه ببینی. توی کتاب‌لغتی دیدم نوشته بود توکای سیاه. من از این‌ها در ایران ندیده بودم. جوجه‌هاشان که از تخم درآمده بودند، جیغ و دادی می‌کردند که بیا و ببین! وقتی با کِرمی که به نوکشان گرفته بودند به لانه برمی‌گشتند، سر و صدای جوجه‌ها یک شور و حالی داشت که نگو! خیلی وقت‌ها پرنده‌ی ماده تنها بود. آن پرنده‌ی کوچولو با آن قلب کوچکش تنها بود، اما لابد با امیدی روی تخم‌هایش می‌نشست، با امید. منتظر. منتظر جفتش. اما جوجه‌ها بزرگ می‌شوند و می‌روند. بچه‌های آدم هم همین‌طور، و آدم تنهاتر می‌شود. بی انتظار، بی امید، و رفته رفته بی‌کَس.

ای کاش تنها بودم. تنهایی که مشکلْ نیست. خیلی وقت‌ها آرزو کرده‌ام که مدتی تنها باشم. مشکلْ نداشتنِ کسی است که در آفتاب زمستان، یا در غروب تابستان با او قدمی بزنی. کسی است که بتوانم پیش او رازی به امانت بگذارم و با او از خاطره‌ها و تجربه‌های مشترکمان حرف بزنم.

از دبیرستان می‌آمدیم. آغاز پاییز بود. برگِ زردی از شاخه‌ای جدا شد و بال‌زنان روی برگ‌های دیگر نشست، من و سیاوش به هم نگاه کردیم. لازم نبود چیزی بگوییم. خاطرات و تجربه‌های مشترک آمدند و به خنده افتادیم. اول لبخند، بعد خنده و از پسِ آن قاه‌قاه و ریسه رفتن. سال گذشته چنین برگی را برداشت و شرط بست که آن را به اولین دختری که می‌ببینیم بدهد و اظهار عشق کند. اولین دختری که دیدیم خواهرش بود!

من دیگر کسی را ندارم که چیزی از یادهای جوانی و نوجوانی‌ام را به یاد داشته باشد.

من این‌قدر عقلم می‌رسد که اگر در ایران هم بودم، باز هم می‌شد که احساس غربت کنم. من دوست ندارم پیوسته بنالم که: آی چه سخت است که تنها در یک کشور غریب، در یک قارّه‌ی دیگر زندگی می‌کنم.

شاید که ناله‌هایم را هم کرده‌ام و دیگر تمام شده‌اند!

می‌خواهم بگویم چیزی که الآن آزارم می‌دهد تنهایی نیست. این بی‌کسی است که طاقت‌سوز است.

اگر جدا شویم باید این‌جا را خالی کنیم. دیگر خیلی وقت است که سرو صدای بچه‌ها در این خانه نمی‌پیچد و شور و حالی برنمی‌انگیزد. فرزند بزرگم را که هر دو سه هفته یک‌بار می‌بینم. فرزند کوچک‌تر هم که می‌رود توی اتاقش و در را می‌بندد و می‌نشیند پای کامپیوتر. موبایلش هم کنار دستش.

البته من و او هم که باشیم، باز تنهاییم. حرفی نیست. بعد این‌همه سال جای هیچ کشفی در آن دیگری برای این یکی باقی نمانده است. خالی. سکوت.

- راستی هنوز دوستش دارم؟
- بله...
- بله؟
- آیا زندگی‌ام بی او ایده‌آل یا بهتر می‌شود؟
- نه. فکر نمی‌کنم.
- می‌توانم به جای او با کس دیگری زندگی کنم؟
- نه.
- خط اصلی! برو سر خط اصلی داستانِ زندگی‌ات!
- اما من تمامش می‌کنم. این دفعه دیگر تمامش می‌کنم.

اما از کجا شروع شد؟

از این‌جا که آمد و گفت که از حالا به بعد- آن‌هم پس از این همه سالْ باهم زندگی کردن- هر کس اختیار حقوقش دست خودش باشد. یعنی بیا حقوقمان را جدا کنیم. گفت هر ماه، هر کدامِمان مبلغی را بگذاریم برای خرج ماهانه و بقیه‌اش مال خودمان.

درست از همین‌جا شروع شد. آن حسی را می‌گویم که در من ایجاد شد. همان حسّ بدی که باعث شد او را به شکل یک شریک معامله نگاه کنم و نه یک شریک زندگی. درست است که برای زوج‌های دانمارکی خیلی عادی است که پول زن و مرد جدا باشد، اما در فرهنگی که من بزرگ شده بودم چنین کاری پذیرفتنی نبود. در فیلم‌های ایرانیِ پیش از آمدن جمهوری اسلامی دیده بودم و در داستان‌ها خوانده بودم که در خانواده‌های مرفهِ ایران، دارایی زن و مرد از هم جدا بود، اما خودم چنین خانواده‌ای را نمی‌شناختم. ثروت و فقر در همه خانواده‌هایی که دیده بودم، برابر بخش می‌شد. بعد هم که بزرگتر شدم و وارد سازمان‌های چپی شدم، ایده‌های سوسیالیستی اجازه نمی‌داد که چنین فکرهایی به سرم بیفتد.

مال خودمان. مال خودم. مال خودت. مال خودش.

مال خودش؟

چند روز پیش در روزنامه خواندم که یک موتور سوار ژاپنی تصادف می‌کند. اما از موتور نمی‌افتد و همان‌جور گاز می‌دهد تا به خانه‌اش می‌رسد. آن‌جا وقتی موتور را خاموش می‌کند و می‌خواهد بیاید پایین، تلپ! یک‌باره از روی موتور می‌افتد روی زمین و تازه متوجه می‌شود که یک پایش را از دست داده است!

هنوز حرفش را هضم نکرده بودم. مال خودم، مال خودت! هنوز بدنم داغ بود. من به این حرفش خندیدم. این شوکْ خیلی سریع و قوی بود. تازه حالا دارم دردش را حس می‌کنم؛ حالا که از التهاب آن شوک بیرون آمده‌ام.

۲

حالا می‌خواهم از همان اول آشنایی‌ام با او، همه‌چیز را یکی یکی، از همان اول، برای یک بار هم که شده، برای خودم مرور کنم.

اما پیش از آن‌که بروم سراغ ماجرای عشق و عاشقی‌امان، بگذار دست‌کم برای خودم روشن کنم که در حال حاضر کجا ایستاده‌ام.

در آغاز دهه‌ی پنجم زندگی، نه بلند، نه کوتاه. نه خوش قیافه، نه چندان زشت.

من می‌لنگم. لنگیدنم مادرزادی نیست. در زندان مرا لنگ کردند. از کجا بدانم به‌خاطر ضربه‌هایی بود که به سرم زدند یا به کمرم؟ موقع راه رفتن، سمت راستِ باسنم بدجوری می‌پرد بالا. برای همین، تابستان‌ها پیراهنم را روی شلوارم می‌اندازم و زمستان‌ها کاپشنِ کوتاه- که خیلی هم دوست دارم- نمی‌پوشم. عصا هم ندارم. موقع راه رفتن، انگار دارند برایم بشکن می‌زنند و من بالا می‌اندازم. اگر ده سال دیگر عمر کردم و به شصت سالگی رسیدم یک عصا هم دستم می‌گیرم. درآن سن و سال مایه‌ی ابهّتم خواهد شد. حالا زود است، هرچند دکتر گفته باعث می‌شود کمرم کمتر درد بگیرد. موهایم جوگندمی است. کتایون از کلمه‌ی جوگندمی بدش می‌آید. معتقد است خیلی از ضرب‌المثل‌ها و اصطلاح‌هایی که به‌کار می‌بریم، یا باید عوض شوند، یا دیگر به‌کار برده نشوند. می‌گوید خیلی از آن‌ها مال دوران پیش از شهرنشینی است و به‌خصوص نسل جوان چیزی از آن‌ها نمی‌فهمد. می‌گوید باید بگوییم خاکستری. می‌گوید خاکستر را همه می‌شناسند، اما یک آدم شهری چه می‌داند که جو و گندم را که با هم قاتی کرده باشند چه رنگی می‌شود؟ و ما چه

می‌دانیم- اگر آن شخص تا حالا جو ندیده باشد- چه چیزی برایش تداعی می‌شود؟

کتایون است دیگر! دوست دارد هرچه را که مدرن نیست جاروکند و بیندازد توی آشغالدانی. اما من دوست ندارم هرچیزی را چون کهنه شده فوری بیندازم دور. اگر قابل استفاده باشد چرا باید آن‌را بیندازم دور؟ تو چند بار که ببینی به چه رنگی می‌گویند جوگندمی، دیگر لازم نیست برای تجسمش به مزرعه‌ی جو و گندم بروی.

من آمدم اینجا و جامعه‌شناسی خواندم. به خیالم تحصیلاتی بود که به‌درد ایران می‌خورد. فکر می‌کردم تا من تحصیلم تمام شود، اوضاع ایران هم درست می‌شود و می‌توانم بروم آنجا و از دانشم برای مردمم استفاده کنم!

اما استدلال کتایون این بود که نباید خودمان را اسیرِ پشت سر کنیم. می‌گفت روی آینده‌ی دوری که نامعلوم است نمی‌شود سرمایه‌گذاری کرد. رفت و برنامه‌ریزی کامپیوتر خواند. همه می‌گفتند رشته‌ی مردانه‌ای است. اما او تصمیمش را گرفته بود. این شرکتی هم که در آن کار می‌کند خوب پولی می‌دهد. اول حقوق من زیادتر بود، حالا مال او.

نه! نشد! قرار بود که فقط بگویم حالا در چه موقعیتی هستم. هرچه را که به گذشته مربوط می‌شود باید سر جای خودش بیاورم، اگر نه باز همه‌چیز را قاتی می‌کنم.

الآن این‌جوری است که دوتا دختر داریم. سایه بیست و یک ساله است و دانشجوی رشته‌ی ژنتیک. سارا هفده ساله است و به دبیرستان می‌رود. سایه با دوست‌پسرش زندگی می‌کند. سارا تا از گل نازکتر می‌شنود می‌گوید:

"تا هیجده سالم بشه از این خونه می‌رم."

کتایون امسال چهل و دو سالش می‌شود. هیچ کس فکر نمی‌کند سی و دو سه سالش بیشتر باشد. شاید برای این است که ریزه میزه است و پر انرژی. به نظر من کمی لاغر. اما خودش می‌گوید وزنش درست همان است که باید

باشد. موهایش بلند است. مشکی و برّاق و نرم. مشکیِ پرکلاغی و تا روی شانه‌هایش می‌رسد. چشم‌هایش خاکستری است، و قد و بالایش متناسب. گونی هم که بپوشد به او می‌آید. خیلی محکم راه می‌رود. به او می‌گویم مثل افسرانِ زمان شاه راه می‌روی، فقط قدّت از آن‌ها کوتاه‌تر است. سر بالا، سینه جلو، گام‌ها منظم. نمی‌توانم بگویم از چه‌زمانی متوجه شدم که راه رفتنش این‌جوری نظامی شده است. به چشم من هنوز خیلی خوشگل است. خوشگل بود و همان اولین نگاهش کارم را ساخت. چشم‌های پر از رازش! چشم‌های پر از رازی که توی عمقشان گم می‌شدی، که انگار ته نداشتند. شنیده‌ام خاکستری ترکیبی از همه‌ی رنگ‌هاست. چشمانش توی هر نوری رنگِ تازه‌ای به خودش می‌گیرد.

نه! نشد!

بهتر است این‌ها را حذف کنم. قرار شد داستانم را از اول تعریف کنم.

هرچند سخت است، اما همین بهتر که از اول شروع کنم. فقط این را بگویم که دارم به‌طور جدّی به جدایی فکر می‌کنم. فکر جدایی مثل کرم افتاده توی تنم. درست مثل همان زمانی که کرم آمدنِ به خارج افتاد توی تنم.

شاید به نظر برسد که جدایی دیگر این روزها چندان مهم نیست! حالا دیگر عادی شده است. نه تنها در خارج، بلکه این‌جور که می‌شنوم در ایران هم. اما برای من، این مهمترین تصمیم همه‌ی عمرم خواهد بود. مثل این است که یک چاقوی تیز بردارم و با آن بزنم زندگی‌ام را بِبُرّم. دو قسمت می‌شود. زندگی‌ام تا حالا، و زندگی‌ام بعد از این.

یعنی می‌شود؟ این چندمین بار است که این تصمیم را می‌گیرم؟ چیست که نه می‌گذارد بمانم و نه بروم؟ باید تقصیر از من باشد.

وقتی که اولین بار آمد و گفت می‌خواهم بروم ایران می‌خواستم از خوشحالی بپرم و ماچش کنم، اما جلوی خودم را گرفتم و موذیانه پرسیدم: چرا؟

این "چرا؟" را جوری گفتم که کتی فکر کند با سفرش مخالفم. می‌دانستم که نباید در مقابل خواسته‌هایش تمایل واقعی خودم را نشان بدهم. گفت:

"این دیگه پرسیدن داره؟ می‌خوام برم اون مامان پیرم رو ببینم، پیش از اون‌که زبونم لال جوری‌اش بشه. نمی‌خوامِ بشه حکایتِ بابام که اونقده دَس‌دَس کردم تا ندیدمش و از دنیا رفت. تازه فکر کنم فرصت خوبیه که بچه‌ها هم بتونن ایران رو ببینن."

این‌جوری بهتر شد! دیده‌ام وقتی کسی برای برحق بودن حرف یا عمل خودش متوسل به آوردن دلیل می‌شود- آن‌هم با صدای بلند- دیگر اسیر حرف‌های خودش می‌شود. دیگر یا عقب‌نشینی نمی‌کند و یا برایش خیلی سخت می‌شود که حرفش را پس بگیرد.

اما چه خوب است که می‌خواهد به ایران برود. فرصتی پیدا می‌کنم تا به جدایی و پیامدهایش بیشتر فکر کنم. حکومت پس از کشتاری که در سال ۸۸ کرد و پنج‌هزار زندانی سیاسی را کشت، دیگر مطمئن است که کنترل کشور را در دست دارد و فهمیده که ایرانیان خارج کشور هم چنان پراکنده و بی سازمان هستند که هیچ کاری از دستشان برنمی‌آید و دیگر ترسی از آن‌ها ندارند. برای همین دیگر برای آمد و رفت ایرانیانی که در خارج هستند سخت نمی‌گیرند و چند سالی است که عده‌ای به ایران می‌روند و برمی‌گردند. مثل همین علی که چند وقت پیش اتفاقی او را در خیابان دیدم. در کشتی نورونا با او آشنا شده بودم. از راهِ کوه و بی پاسپورت از مرز گذشته بود. گفت تازه از ایران برگشته. تا حالا سه بار به ایران رفته بود. چنان راحت حرف می‌زد که انگار رفته بود آلمان یا سوئد. گفت بار اول با ترس و لرز به سفارت ایران رفته بود تا پاسپورت بگیرد. گفت چندتا فرم را پر کرده بود و در فرودگاهِ

تهران هم او را بازجویی کرده بودند، اما سخت‌گیری‌ها فقط برای بار اول بود. با حال خیلی بدی از او خداحافظی کردم.

طبق قانون‌های ایران برای آنکه کتایون بتواند پاسپورت ایرانی بگیرد، من باید به طور رسمی به او اجازه بدهم. زن‌ها باید برای پاسپورتشان چهارتا عکس با روسری هم بگیرند.

وقتی گفت خیال دارد به ایران برود این‌ها را یادآوری کردم و خندیدم. سرش را انداخته بود پایین. شرمگین بود. پس از مدتی سکوت، سرش را بلند کرد و بی آنکه به چشمانم نگاه کند گفت تا امضای پدر نباشد به دختر هم پاسپورت نمی‌دهند و پاسپورت دانمارکی را از ایرانی‌زادگان نیز قبول نمی‌کنند.

چرا آدم باید برای رفتن به زادگاه و دیدن پدر و مادرش این‌همه تحقیر شود؟ چرا هرچه تلاش می‌کنیم دانمارکی نمی‌شویم؟ ما که همه‌ی قانون‌های این کشور را رعایت می‌کنیم و به این زبان هم حرف می‌زنیم و در این‌جا کار می‌کنیم، چه کم داریم که دانمارکی‌ها قبول نمی‌کنند که ما دانمارکی هستیم؟ به بچه‌های من می‌گویند نسل دوم مهاجران. به نوه‌های ما می‌گویند نسل سوم. از آن طرف ایران هم قبول نمی‌کند که ما می‌توانیم دانمارکی شده باشیم.

هرچه فکر کردم دیدم نمی‌توانم به خودم اجازه بدهم که به کتی و بچه‌ها اجازه ندهم که به ایران بروند. سایه و سارا هم خیلی دوست داشتند سرزمین پدر و مادرشان را ببینند. سایه می‌گوید بخشی از هویت او در آن‌جاست. از طرفی مدت‌ها بود که آرزو می‌کردم تا چند روزی تنها باشم. کله‌ام پر از چیزهای گوناگونی بود که همین‌جوری بی‌وقفه، بی هیچ نظمی توی کله‌ام می‌چرخید. از طرفی سرِ کار با رئیسم مشکل داشتم و باید یک‌جوری از پسش برمی‌آمدم، و از طرفِ دیگر فکر می‌کردم بچه‌هایم آن‌هایی نشده‌اند که من می‌خواستم. این درد بزرگی است که که همیشه در پسِ ذهنم هست و ولم نمی‌کند. هم‌زمان چندتایی مقاله‌ی نیمه‌تمام داشتم که باید سر و سامانی به آن‌ها می‌دادم و آماده‌ی چاپشان می‌کردم. پدر و مادرم هم بیمار و تنها توی

ایران افتاده بودند و از فکرم بیرون نمی‌رفتند. از این‌ها گذشته می‌خواستم ببینم که در نبود این زن، زندگی را چند مرده حلاجم.

همه‌ی این‌ها تمرکز می‌خواست. نمی‌خواست؟ توی خانه‌ای که همه‌چیزش جای مشخصی دارد و تابع یک نظم ساعت‌گونه است، مگر می‌شود روی چیزهای غیر روزمره تمرکز کرد؟

برای این‌که کتی را در رفتنش هرچه بیشتر مصمم کنم، گفتم:

"فکر همه‌چیز رو کردی؟"

سرش را بالا گرفت، سینه را جلو داد و با صدای محکمی همان جوابی را داد که انتظار داشتم:

"معلومه! من مثِ تو نیستم که وقتی راه افتادم، تازه یادم بیاد که چه‌ها باید می‌کردم که هنوز نکرده‌ام."

حالا دیگر مطمئن شده بودم که از تصمیمش بر نمی‌گردد.

از سر شوق هرکاری که از دستم برمی‌آمد می‌کردم. با تعجب می‌گفت:

"چه زرنگ شده‌ای! دیگه نمی‌بینم رو مبل ولو شی."

همین‌جور شاد و زرنگ بودم تا این‌که در دهم ماه ژوئن، در فرودگاه با آن‌ها خداحافظی کردم.

۳

پس از خداحافظی، از فرودگاه تا خانه را همه‌اش فکر می‌کردم که پس از این‌همه سال، حالا که توانسته‌ام تنها بشوم، چه‌طور باید از این تنهایی نهایتِ استفاده را بکنم. آخرین بار که تنها بودم، هیجده نوزده سال پیش بود. زمانی که در ترکیه منتظر کتی و سایه بودم. سایه‌ی کوچولو.

سعی کردم کابوس آن دوران را پس بزنم. به خودم گفتم این تنهایی که از امروز شروع می‌شود هیچ شباهتی به آن تنهایی ندارد. جنسشان از بیخ و بُن با هم تفاوت دارد. پس از فرار از ایران، ماه‌ها در ترکیه به دور از کتی و سایه بودم. هرچند هیچ خوشایند نبود که برای نجات از آن زندگیِ موقتی هر روز منتظر معجزه‌ای باشم، اما امید رسیدن به آن‌ها و آرزوی اینکه کشوری دموکراتیک ما را به پناهندگی بپذیرد همه‌چیز را قابل تحمل می‌کرد. آن زمان هم امید و هم آرزو، هر دو را باهم داشتم. آن زمان من عاشق کتی و سرپرستِ سایه بودم.

مدّتی پشت در ایستادم تا توانستم آن کابوس را از فکرم دور کنم. نفس عمیقی کشیدم، کلید را در قفل در چرخاندم و بشکن‌زنان وارد خانه شدم. روزی گرم و آفتابی بود. همه‌ی لباس‌هایم را درآوردم و هر کدام را هرجا که دستم رسید انداختم. هیچ چشمی مواظبم نبود! هیچ دهانی برعلیه‌ام نمی‌جنبید. میل شدیدی به تخلیه‌ی روده‌هایم احساس کردم. لخت و آزاد روی کاسه‌ی توالت نشستم و عظیم‌ترین ریدن همه‌ی عمرم به وقوع پیوست! همیشه شکمم سفت بود. دکتر می‌گوید التهاب روده دارم. حالا چنان سبک شده بودم که هوس می‌کردم بروم و بدوم. به نظرم چنین می‌رسید که روده‌هایم

بلوری و شفاف شده‌اند و از تمیزی برق می‌زنند. توالت را تمیز شستم. به حمام رفتم. دوش را تا آخر باز کردم و با همان صدایی که کتایون می‌گوید خش‌دار و نکره است، برای خودم آواز خواندم. با آهنگ ترانه‌ی "گل سنگم" می‌خواندم: پای لنگم، پای لنگم...

نعره می‌زدم و کسی نبود تا بگوید همسایه‌ها چه می‌گویند.

حوله را روی دوشم انداختم و همان‌جور لخت از این اتاق به آن اتاق می‌رفتم و از این‌که کسی نمی‌گفت *"شکمت چه‌قدر جلو آمده"* یا *"باسنت چرا این‌جوری شل شده"*، لذت می‌بردم.

وقتی خودم را جلوی آینه‌ی قدی توی راهرو دیدم، از همه‌طرف خودم را نگاه کردم. می‌خواستم نرمش روزانه‌ام را بکنم که دکتر به‌خاطر گرفتگی ماهیچه‌ها توصیه کرده است. اما با تعجب دیدم که هیچ گرفتگی و هیچ دردی در هیچ جای بدنم نیست! بدنم نرم نرم بود. عین موم. فقط گرسنه بودم. سال‌ها بود که غذا را می‌خوردم تا سنّت غذا خوردن با زن و بچه را حفظ کنم. گرسنه هم اگر بودم، بی اشتها می‌خورم. اما حالا اشتها داشتم و از غذا خوردن لذّت می‌بردم.

کتی شب پیش قورمه‌سبزی درست کرده بود. او خوب می‌دانست تا وقتی که برگردد من قورمه‌سبزی نخواهم خورد. آن را خوردم، حتا بی‌آن‌که گرمش کنم. آن‌هم با لذت فراوان. خوب یادم هست که خیلی خرکی و با دهان باز چنان آروغی زدم که خودم هم از صدای آن جا خوردم.

بشقاب و لیوان و قابلمه‌ها را توی ظرفشویی روی‌هم ریختم و شروع کردم به راه رفتن. دوباره خودم را در آینه نگاه کردم. عامل اصلی ازدواجم، نشان برون‌جَسته‌ی مردی‌ام را با دست چپ فشردم و با دست دیگر به آن اشاره کردم و گفتم:

"با تو چه‌کنم؟ هرچه می‌کشم از توست، از تو! از تو هم باید بگم؟ البته که از تو هم باید بِگم!"

غیر از کشیدن یک آه سرد چه می‌توانستم بکنم؟

آن‌را رها کردم. لَخت و سنگین فرو افتاد. شورتم را پوشیدم. یک تی‌شِرت هم تنم کردم. از خودم پرسیدم:

"حالا از کجا شروع کنم؟"

نمی‌توانستم برای حالت و احساس‌های تازه‌ای که داشتم اسمی پیدا کنم. هیچ‌چیز مشخصی توی ذهنم نبود. مغزم تهی بود. تهی! برای چنین روزی این همه انتظار کشیده بودم و حالا هیچ!

از این اتاق به آن اتاق رفتن و از نگاه کردن به در و دیوار خسته شدم. جلوی قفسه‌ی کتاب‌هایم ایستادم تا شاید نامی یا عنوانی تلنگری به ذهنِ از کار افتاده‌ام بزنند. سبک بودم و در خلأ.

رفتم جلوی قفسه‌ای که چند سی دی در آن بود. همیشه سر موسیقی مشکل داشته‌ایم. چهار نفر با چهار سلیقه‌ی مختلف! برای همین، سال‌ها بود که نوای موسیقی در همه‌ی خانه پخش نمی‌شد. هرکس یا به اتاق خودش می‌رفت و موسیقی دلخواهش را می‌شنید، یا وقتی دیگران نبودند، می‌توانست در این اتاق نشیمنِ پاکیزه بنشیند و از این بلندگوهای باکیفیتِ عالی و گران‌قیمت استفاده کند.

سی دی‌ها را از نظر گذراندم. اما هیچ میلی مرا به سوی هیچ‌کدامشان نکشاند. این سَبُکی رفته رفته داشت کلافه‌ام می‌کرد. هیچ بندی نبود که به جایی بندم کند. کامپیوتر را هم دوست نداشتم که روشن کنم. ممکن بود به هر جایی کشانده شوم. از این صفحه به آن صفحه، از این سایت به آن سایت. همیشه فکر می‌کردم که اگر تنها شوم کاری می‌کنم کارستان، و می‌روم سراغ چیزهایی که از مدت‌ها پیش بارِ ذهنم بوده‌اند، و یکی یکی آن‌ها را سبک می‌کنم. اما حالا هیچ تمرکزی نداشتم. به هر طرف که رو می‌کردم با فضایی خالی روبه‌رو می‌شدم! فضایی که پیش از این خالی نبود. بیشتر ازآن به این زندگی عادت کرده بودم که بتوانم در این حالتِ تنهایی جایگزینی برای رفتار و

کارهای ریز و درشتِ روزمرّه‌ام پیدا کنم. هرجا که رومی‌کردم، انگار جلوی دیواری سفید ایستاده بودم! نه تنها هیچ جاذبه‌ای در هیچ چیزی نمی‌دیدم، بلکه می‌ترسیدم. تا آن‌روز تجربه نکرده بودم که سفیدیِ بی‌انتها تا چه حد ترسناک است.

روز دوم هم مانند روز اول گذشت. فکر کردم ای کاش مرخصی نگرفته بودم و دست‌کم می‌توانستم سر کارم بروم! چند کتاب را دست گرفتم، ولی نتوانستم از هرکدام بیش از دو سه صفحه بخوانم، آن‌هم بی آنکه بفهمم چه خوانده‌ام. وقتی چشمم به تلفن افتاد، دیدم میلی به تماس گرفتن با هیچ کس را ندارم. فضاهای خالی شده بودند کابوس. شده بودند حفره‌هایی که مرا به درون خودشان می‌کشیدند. در لحظه‌هایی که کابوس‌ها نبودند، دوست داشتم صدای کتایون را بشنوم حتا اگر فرمان باشد، و دوست داشتم اخمش را ببینم حتا اگر با فحش‌های زیر لبی همراه باشد. فکر کردم که این نوعی بیماری است. مازوخیسم است. بعد به یادِ سهراب افتادم و دردِ فانتوم. یک پایش را در جنگ با عراق از دست داده بود. می‌گفت آن پای افتاده‌اش که درد می‌گیرد، به آن درد می‌گویند دردِ فانتوم. می‌گفت پایی که دیگر نیست گاهی چنان درد می‌گیرد یا می‌خارد که هیچ‌جوری نمی‌توانی توضیحش بدهی و فکر می‌کنی تنها با مرگ از شرّ آن خلاص می‌شوی. می‌گفت تو با دردی که در فضا و در همه‌جایت پیچیده و در هیچ‌جا نیست، چه می‌توانی بکنی؟ می‌گفت اگر پایم را نمی‌بریدند ممکن بود عفونتش همه‌ی بدنم را مسموم کند، اما گاهی فکر می‌کنم کاش همان پا که پای من بود با من مانده بود و با هم دنیا را به آخر می‌رساندیم.

نشستم کف اتاق. تکیه‌ام را دادم به دیوار و سهراب را دیدم که چاقو را گاهی به پای سالم و گاهی به بازوی خودش می‌کشد تا با ایجاد زخم و دردی ملموس و مادّی، بر دردِ چیزی که دیگر نبود غلبه کند. سهراب با انگشت‌های

خونی‌اش می‌گفت چیزی که بیست و چند سال با تو بوده، هرگز دست از سرت بر نخواهد داشت.

فکر می‌کردم دارم دیوانه می‌شوم، اما قادر به هیچ اقدامی نبودم. چنین وقت‌هایی تنها یک عامل خارجی می‌تواند به دادِ آدم برسد.

روز سوم بود که بهزاد زنگ زد. حال کتی و بچه‌ها را پرسید. گفتم زنگ زده‌اند و به سلامت رسیده‌اند. گفت حالا که تنهایی، بیا تا باهم شامی بخوریم و لبی تر کنیم.کور از خدا چه می‌خواهد غیر از دو چشم بینا؟ فوری یک شیشه شراب برداشتم، در و پنجره‌ها را بستم و راه افتادم.

۴

حالا از من بشنوید که دارم زندگی بهرام و کتایون را روایت می‌کنم. دوست دارم بعضی جاها را مثل این بخش، خودم مستقیم بنویسم. من گذشته از چیزهای زیادی که از زندگی آن‌ها می‌دانم، نامه‌هایی هم از آن‌ها دارم که به آن‌ها هم خواهیم رسید.

من با بهرام و کتایون وقتی آشنا شدم که به دانمارک آمدم. آن زمان سایه حدود پنج سالش بود. دختری بود شیرین‌زبان و دوست‌داشتنی. ما را که پناهنده بودیم به کشتی نورونا بردند. کشتیْ سوئدی بود و دانمارک آن را برای پناهنده‌هایی که پرونده‌اشان در دست بررسی بود، اجاره کرده بود. نورونا برای هزار و پنجاه مسافر جا داشت. اما یک مسافر یعنی کسی که بقرار است رای مدتی کوتاه در جایی باشد، در صورتی که ما مسافر نبودیم و هیچ معلوم نبود که تا چه مدّت باید آن‌جا باشیم. خیلی از هموطنان ما را خیلی هم از راسیست‌ها هم ترسانده بودند، جوری که جرئت نمی‌کردیم تنهایی از کشتی بیرون برویم. گاهی که می‌خواستیم بیرون برویم، چندتایی می‌رفتیم.

کشتی پر بود از همه‌جور آدم. ما ایرانی‌ها هم از گروه‌های قومی و سیاسی مختلفی بودیم و تنها وجه اشتراکمان این بود که می‌توانستیم به فارسی با یکدیگر حرف بزنیم.

من چون زن و بچه نداشتم با هشت نفر دیگر توی کابینی بودم که هیچ پنجره و دیدی به خارج نداشت. وقتی آن تو بودیم، نمی‌شد فهمید که شب است یا روز. خانواده‌ها را در طبقه اول جا داده بودند که کابین‌هایش شیشه داشت. من بیشتر وقت‌ها می‌رفتم طبقه اول پیش بهرام و کتایون. با بهزاد هم

پیش آن‌ها بود که آشنا شدم. بهزاد چند سال پیشتر از آن‌ها به دانمارک آمده بود. فامیل کتایون بود و هفته‌ای چندبار به دیدنشان می‌آمد. بهزاد برای آمدن به اروپا خیلی به آن‌ها کمک کرده بود. ما همه جزو سازمان‌های مخالف رژیم بودیم که اگر در ایران مانده بودیم یا کشته می‌شدیم یا ما را به زندان می‌انداختند. شاید هم به توبه و خیانت مجبورمان می‌کردند. آدم از کجا بداند در زیر شکنجه چه مدّت می‌تواند مقاومت کند؟

خیلی حرف برای گفتن داشتیم. دوست داشتیم بفهمیم چه شد که آواره شدیم و حالا باید چه‌کار کنیم. بهرام را که دبیر بود پس از "انقلاب فرهنگی" از دبیرستان اخراج کرده بودند چون چپی بود و آته‌ایست. زمانی که به اصطلاح انقلاب فرهنگی شد، بهزاد دانشجو بود. دانشگاه‌ها را بستند. خانه تیمی و چاپخانه سازمانشان که روزنامه و تراکت و اعلامیه در آن چاپ می‌کردند لو رفت و چندتا از رفقایش را گرفتند. چون دنبالش بودند و می‌خواستند او را بگیرند، فرار کرد و از راه آلمان شرقی آمد و سر از دانمارک درآورد.

من تازه دانشجو شده بودم که انقلاب شد. پیش از آنکه حکومت عوض شود، چندین ماه، هر روز در گوشه و کنار شهر تظاهرات می‌شد. ما هم مثل هزاران جوانِ دیگر با دوستان جمع می‌شدیم و اعلامیه می‌نوشتیم. پس از مدتی یک گروه سیاسی مخفی بزرگتر با گروه ما تماس گرفت و ما را به عضویت پذیرفت. آن‌ها یک روزنامه داشتند که من هم در آن چیزهایی می‌نوشتم و یواش یواش همه‌ی کارم شد روزنامه‌نگاری و بعد که بگیر و ببند زیاد شد، مجبور شدم از راه پاکستان فرار کنم.

من حالا در استرالیا هستم. فکر می‌کردم با رفتن از دانمارک مشکل‌های زندگی را پشت سر می‌گذارم. حالا فهمیده‌ام که بعضی از مشکل‌ها، مثل مشکل‌های ناشی از ازدواج را نمی‌شود یک بار برای همیشه حل کرد. تا وقتی در بندِ ازدواج هستیم هرروزه مشکل‌های کوچک و بزرگی سر راهمان پیدا

می‌شوند. به گمانم بعضی مشکل‌ها را باید بپذیریم که جزو زندگی هستند و باید هر روز با آن‌ها دربیفتیم، اگرنه ممکن است آدمی مثل من فکر کند که مشکل از دانمارک یا همسر دانمارکی داشتن است و برای فرار به آن سر دنیا برود.

حالا برگردیم به داستان، به روایتِ بهرام و کتایون از زبان من.

بهرام شراب را روی میز آشپزخانه‌ی بهزاد گذاشت و گفت:

- *"شرابِ شیرازِ کارِ استرالیا است که خیلی دوست داری!"*

- *"چه‌طوری با تنهایی؟"*

- *"پسر چه‌قده رؤیا با واقعیت فرق داره! این‌همه منتظر بودم که تنها بشم! و حالا که تنها شده‌ام انگار خالی‌ام. تا حالا که هیچ کاری ازم بر نیومده. همه‌اش یاد میلان کوندرا می‌افتم و چیزایی که در باره‌ی سبکی و سنگینی می‌گه. از وقتی بچه‌ها نیستن سبک شده‌ام. تنهایی سُبُکِه و خانواده سنگین."*

- *"آدم، تا وقتی که تنها نیست فکر می‌کنه تنهایی چیز خوبیه. فکر نکن این‌که من تنها زندگی می‌کنم کار آسونیه! این از ناچاریه. من دیگه نمی‌تونم با کسی زندگی کنم. دیگه دیر شده!"*

- *"آخه خونواده هم اون‌قده قید و بند به دست و پات می‌بنده که یادت می‌ره خودت هم وجود داری. الآن مدت‌هاست که فکر می‌کنم با این زن و با این زندگی چه کنم."*

- *"ببین بهرام! یه مرغ گذاشته‌ام بپزه. دوست داری پلو هم درست کنم یا با نون می‌خوری؟"*

بهرام دید که خوش دارد مرغِ پخته را توی دستش بگیرد، گوشت و استخوانش را بی واسطه‌ی چنگال و کارد لمس کند و آن را چون درّنده‌ای به نیش بکشد. دوست داشت کنده شدن گوشت را از استخوان در زیر دندان‌هایش حس کند. مثل وقتی که توی ده معلم بود. مثل وقتی که چربی

مرغ از انگشتانش می‌چکید و روستاییان نگاهش می‌کردند و شادمانه می‌گفتند *"آقا معلم از خودمونه"* و او با شنیدن این جمله احساس می‌کرد با آن محیط بیگانه نیست و لذت می‌برد و تنش گرم می‌شد.

- *"فرق نمی‌کنه. همون با نون خوبه. با نون و با دست. بی ابزارِ تمدّن. همون جوری که همیشه می‌گی، هرچه به طبیعت نزدیک‌تر، بهتر."*

بهزاد به سمت اجاق رفت. آشپزخانه در یک سمت همین اتاقی بود که در آن نشسته بودند. این آپارتمانِ کوچک دو اتاق داشت با یک حمام و توالت.

بهزاد خیلی به فیلم علاقه داشت. یک پروژکتور به سقف زده بود و یک پرده‌ی لوله شونده روی دیوار آویزان کرده بود تا فیلم‌ها را با کیفیت سینمایی ببیند. پنج‌تا بلندگوی خوب هم داشت تا صداها را سینمایی بشنود. بهزاد پشت مبل تختخواب‌شویی که روبروی این پرده بود، سراسرِ دیوار را تا سقف قفسه زده بود. قفسه‌ها پر از کتاب و نوار و خرده ریزهایی بودند که از سفرهای مختلف با خودش آورده بود. سال‌ها بود که بهرام در حسرت یک چنین زندگی مجردی، به بهزاد حسودی‌اش می‌شد. از این‌که اشیایی را که برایش خاطره‌انگیز بودند و خانواده و دوستانش برایش سوغاتی آورده بودند توی انباری چپانده بود و کتایون نمی‌گذاشت آن‌ها را در اتاق‌ها بگذارد، خشمی به تنش دوید و داغ شد. تابلوهایی داشت که همه در زیرزمین خاک می‌خوردند. حتا نشد تا جایی برای آن ضبط‌صوتی که یادگار سیاوش بود پیدا کند. جایی که کتایون نگوید هارمونی خانه را به‌هم می‌زند.

یاد سیاوش او را به‌یاد صمیمیت می‌انداخت، به‌یاد کوه، رودخانه، جوانی؛ و به یاد آنکه چشم در چشم می‌خواندند:

"موجیم که آسودگی ما عدم ماست".

دست‌کم یک دوست صمیمی باید در کنارت باشد تا زندگی آسان شود.

برای هزارمین بار، تو گویی از همه و از هیچ‌کس پرسید:

"مگر سیاوش چه کرده بود که او را گرفتند، یا چه می‌خواست بکند که نگذاشتند زنده بماند؟ یک جوان بیست و سه ساله!"

کتایون به آن می‌گفت ضبطِ قراضه، ضبطِ اسقاطی، و بهرام احساس می‌کرد که ناعادلانه تحقیر می‌شود.

بهزاد کمی نمک به غذا اضافه کرد و گفت:

"برای همه‌چیز باید بپردازی. برای خونواده و زندگی با یه زن یک‌جور، برای تنهایی هم یه‌جور. فقط مطمئن باش که تنهایی چندان لطفی نداره. خیلی وقتا فکر می‌کنم کاش جدا نشده بودم. تو هنوز در این مُلکِ غریب طعم تنهایی رو نچشیدی تا قدر زندگی خودت رو بدونی."

بهرام باید تلافی این احساس حقارتش را درمی‌آورد. باید بارِ گناهِ احساسِ بیهودگی‌اش را سبک می‌کرد. سیگاری برداشت و گفت:

"این زن حتّا نمی‌ذاره که من چیزایی‌رو که دوس دارم تو اتاق بذارم! همه‌چی باید به سلیقه‌ی اون باشه. رفتار من و بچّه‌ها هم باید مطابق میل اون باشه. بعضی وقتا فکر می‌کنم که من، تو اون خونه فقط یه اجاره‌نشینم!"

به دنبال فندک به قسمتِ آشپزخانه رفت. ظرفشویی پر بود از ظرف‌های نشُسته. یک قابلمه‌ی نشسته روی سکوی آشپزخانه بود که آبِ چرب و کثیفی تا نصفه‌اش بالا آمده بود. خرده‌های غذا و چندتا فیلتر سیگار در آن شناور بود. چندتا لیوان شسته هم روی پیشخوان بود که رنگ چای و قهوه آن‌ها را چرک کرده بود. آشپزخانه‌ی خودشان همیشه تمیز و مرتب، مثل این آشپزخانه‌هایی است که برای فروش، توی آگهی‌های تجارتی در روزنامه و تلویزیون نشان می‌دهند. فکر کرد در مورد کتایون بی‌انصافی کرده است. سیگاری روشن کرد. چند پک عمیق زد. پشت پنجره رفت. روی تخته‌ی بالای شوفاژ که مثل طاقچه بود همه‌جور خرد و ریزی پیدا می‌شد. سی دی،

کاغذ و کتاب، پاکت‌های نامه، زیر سیگاری، شمع نیم سوخته و دو فنجان که ته‌مانده‌ی قهوه توی آن‌ها ماسیده بود.

به آن‌جا که آشپزخانه بود برگشت و گفت:

"بی‌شک من هم کارهایی می‌کنم که کتایون از آن‌ها اذیّت می‌شود. اما آدم عیب‌های خودش را که نمی‌بیند!"

بهزاد مرغ را توی دیس کشید. با نان و پیاز. مرغ سفید بود. نه سُسی کنارش بود و نه سبزیجاتی. کتایون معتقد بود که همیشه غذا را باید به زیبایی سِرو کرد تا اشتهاآور شود. همین غذا را که بهزاد نیم‌ساعته درست می‌کرد، او دست‌کم یک ساعت و نیم وقت صرفش می‌کرد. بهرام فکر کرد که این‌هم یک بَند است، و گفت:

"می‌دونی بهزاد! زندگی خونوادگی سنگینه. وقتی چیزی سنگینه یعنی نیروی جاذبه داره. مثل کره‌ی زمین. وقتی جاذبه‌ی خونواده تو رو به سمت خودش می‌کشه، دیگه نمی‌ذاره آزاد باشی... بندهای محکم و نامرئی... قید و بندهای دوست‌داشتنی... برا مثال شکلی که غذا سِروْ می‌شه. آداب چیده شدنش. آدابی که وقتی زیاد تکرار می‌شه، یواش یواش خودش می‌شه یه سنّت... صرف غذا در ساعت معیّن... خاطرات مشترک... آشناهای مشترک... اون‌همه سختی که با هم کشیدیم... آوارگیْ در سرزمین‌های بیگانه... بی کسی و تنهایی زیر بمبارونای عراق... حسّ ترسِ مشترک از پاسدار و کمیته‌چی... سفرهای خوشی که با هم داشتیم... خودِ تجربه‌ی بچه‌دار شدن... وقتی اون روز خسته و کوفته رفتم خونه... همون وقتی که سر سایه حامله بود... نمی‌دونی وقتی که پیرهنشو زد بالا و گفت بیا گوشتو بذار رو شکمم چه احساسی داشتم! وقتی برا اولین بار گفت: ببین بچّه‌مون، بچّه‌ی من و تو داره تکون می‌خوره، نمی‌دونی چه حالی داشتم!

درسته از خیلی کاراش عصبانی می‌شم، اما خیلی از چیزاش رو هم دوس دارم. من به‌اش عادت کرده‌ام. تن‌و بدن اونو می‌شناسم و دوس دارم."

از طنین جمله‌ی آخر با صدای بلند و از زبان خودش، آن‌هم آن‌جا تعجب کرد و شرمی سراپایش را گرفت. چه لزومی داشت این‌همه وارد جزئیات شود؟

بهزاد استخوان مرغی را که دستش بود لیسید. آن‌را کنار بشقابش گذاشت. تلاش کرد تصویر شکم برجسته‌ی کتایون را عقب بزند، و تا سکوتِ طولانی و آزار دهنده را بشکند گفت:

- *"در اصل یکی از جاذبه‌های خونوادهٔ آرامشه، و یکی از عامل‌های مهمی که باعث آرامش می‌شه همین سنّت‌هاست... رسم‌ها و قاعده‌هایی که در زمان‌های خاصّی تکرار می‌شن. حالا اختلافتون سر چی هست که جدید باشه و من ازش خبر نداشته باشم؟"*

- *"هیچ‌چی. سر همه‌چی و هیچ‌چی. همین هم هست که تصمیم‌گیری‌رو سخت می‌کنه!"*

استخوان مرغی را که دستش بود توی بشقاب گذاشت و گفت:

- *"نه خیانتی در کاره و نه مسئله‌ی بزرگ و عجیبی. اون کی بود؟ کارل مارکس نبود که گفت وقتی کمّیت‌ها روی هم انباشته بشن، یواش یواش به مرحله‌ای می‌رسن که دیگه تبدیل به کیفیّت می‌شن؟ حجم اختلاف‌های کوچک ما هم اون‌قده زیاد شده که ادامه‌ی زندگی‌رو به این صورتی که تا حالا بوده از بین برده. چندی پیش می‌دونی چی می‌گفت؟ می‌گفت بیا حقوق که می‌گیریم، مقداری‌شو برا خرجی کنار بذاریم و بقیه‌اش هم، هرکی مال خودش."*

- *"تو چی گفتی؟"*

- *"من؟ خب معلومه! من تا مغز استخونم با این مخالفم! من از همون وقتی که دستم تو جیبم رفته خلاف این شیوه زندگی کرده‌ام. از همون دوران مجردیْ که با چندتا از بچه‌ها با هم زندگی می‌کردیم، چه در دوران انقلاب و چه پیش از اون، پولامونو یه جایی توی خونه می‌ذاشتیم که هرکی هرچی لازم*

داشت از اون‌جا ور می‌داشت. بعد از اونم، با هر کی زیر یه سقف زندگی کرده‌ام همین‌جوری بوده. توی ترکیه هم پیش از اونکه کتی بیاد، باز همین‌جوری بود. با خود کتی هم که تا حالا غیر از این نبوده. اصلاً من نمی‌فهمم که این فکر چه‌جوری به سرش افتاده!"

بهرام بشقابِ پر از استخوان را پس زد. دست‌هاش را با دستمال پاک کرد. از روی صندلی بلند شد. دوباره نشست. باز بلند شد و باز نشست. تکیه‌اش را به پشتی صندلی داد. دست‌ها را روی سینه درهم کرد. پاها را باز گذاشت. نفسِ عمیقی کشید و با بیرون فرستادنِ هوای حبس شده‌ی درونِ شُش‌ها، شانه‌هایش آرام فرو افتادند و گویی مچاله شد.

چند دقیقه‌ای سکوت بود تا آنکه بهزاد آن‌را شکست:

- *"حالا یه کمی پاتو از رو گاز وردار و از سرعتِ احساساتت کم کن تا ببینیم واسه چی با پیشنهاد او مخالفی؟"*

- *"برا چی؟ این دیگه پرسیدن داره؟"*

- *"باز که بُراق شدی! یه دقه بشین و کمتر احساس نشون بده! اینو می‌پرسم که بتونیم قضیه رو از همه طرف بررسی کنیم."*

- *"اصلاً تو می‌خوای چی بگی؟"*

- *"می‌خوام ببینم از چیه که این کونِ کجت داره اینقده می‌سوزه و نمی‌تونی یه دقه آروم بگیری تا من حرفم رو بزنم!"*

بهرام سیگاری گیراند، پک عمیقی به آن زد. همان دستش را که سیگار را با آن گرفته بود روی ران خودش زد. چند جرقه‌ی کوچک همراه با خاکستر از سیگار پرید و روی شلوارش نشست. با همان دست شلوارش را تکاند. لب پایینی‌اش را سفت گزید و تقریباً با فریاد گفت:

- *"بفرما! به‌گوشم!"*

بهزاد چنان لبخندی زد که بهرام فکر کرد شرورانه است، و ادامه داد:

"لابد از آمار هم خبر داری که می‌گه زن‌های پناهنده خیلی کمتر از مردها دچار بیماری‌های عصبی و روانی می‌شن؟ وانگهی! من فکر می‌کنم تو از این‌که او استقلال اقتصادی پیدا کنه می‌ترسی."

بهرام نیم‌خیزشد و با زهرخندی گفت:

- "می‌ترسم؟ تو می‌گی من می‌ترسم؟ از چی بترسم؟ مگه تا حالا من استقلال اقتصادی داشته‌ام که اون داشته باشه؟ هرچی پول اومده تو اون خونه مال خونه بوده. مال همه. مال من و مال اون نداشته."

- "شاید فقط از نظر تو این‌جوری بوده؟"

- "یعنی می‌خوای بگی...؟"

بهرام یک چشمش را که دود در آن رفته بود بست و سیگار را با فشار در زیرسیگاری له کرد.

- "آره! می‌خوام بگم چرا فکر می‌کنی که کتی هم باید همه‌چیز رو مثل تو ببینه؟ چرا کتی هم باید همین‌جوری فکر کنه که تو فکر می‌کنی؟ فکر نمی‌کنی داری با یه دید مذهبی یا ایدئولوژیکی به قضیه نگاه می‌کنی؟"

- "آقا این چه ربطی داره به دید مذهبی و ایدئولوژیکی و این جور چرت و پرتا؟"

- "جناب! خیلی هم ربط داره! تو درست مثل یه آدم مذهبی یا کسی که هنوز ایدئولوژی داره، خودت تنها می‌شینی و قرارها و رابطه‌هارو اون جوری که خودت می‌خوای تفسیر و توجیه می‌کنی. اینو همه‌مون گرفتارش هستیم. این مال اون خاک زورگویِ دیکتاتورپرور و بی منطقه. تو مث یه آدمی که تو دمکراسی بزرگ شده، هنوز قدرت فهم یا ابداعِ یک رابطه‌ی جدید رو نداری. من هم ندارم. اما من دست‌کم سعی می‌کنم بفهمم که این ضعف رو دارم. حالا فکر می‌کنی آسمون به زمین میاد اگه کتایون خلاف قراری که تا حالا بینتون بوده عمل کنه؟ از کجا معلوم که زندگیتون بهتر نشه؟"

- "مرد حسابی من تا حالا زیر همینش هم زائیده‌ام! هی می‌ره پولا رو می‌ده کاسه بشقاب می‌خره، مبل عوض می‌کنه. همین صندلی‌ها رو که تو آوردی و الآن روش نشسته‌ایم! مگه اینا چه‌شون بود که رفت یه دست نو خرید؟ حالا مجسم کن که پولش رو هم جدا کنه. مگه دیگه من می‌تونم «چرا» تو کارش بیارم؟"

- "تا حالاش هم هرچی گفتی فقط خودتِو اذیت کردی، چون اون کتایونی که من می‌شناسم، در هر حال کار خودش رو می‌کنه."

- "آخه این که به همین‌جا ختم نمی‌شه! این مثل هر زمین لرزه‌ای پس لرزه هم داره. تا حالا هرچی بوده "مال من و مال اون" نداشته‌ایم. از حالا به بعد باید دائم حواسم باشه که چی مال منه و چی مال اون! یادت نره که ما هنوز یه بچه هم تو خونه داریم!"

بهزاد با ریشخند گفت:

"ما که بالاخره نفهمیدیم تو خری، یا خودتو به خریت می‌زنی! آخه عزیز من! بچه‌هات هم که تا حالا هرکدومشون چیزای خودشون، و مالکیت خصوصی خودشون رو داشته‌ان. یادته وقتی می‌خواستی اون دوچرخه‌ی ثابتی رو که سایه خریده بود نشونم بدی؟ یادته چه‌قده می‌ترسیدی بفهمه که رفته‌ای تو اتاقش؟ مگه کتایون کُمدِ لباس، کشو، چیز میزای خودش، و قفسه‌های فلانِ خودش رو نداره؟ تو خودت هم مگه نمی‌گی تابلوهام و نشریه‌هام؟ می‌خوام بگم که این پروسه‌ی غیر اشتراکی خیلی وقته تو خونه‌ی شما شروع شده، اما فرق کتایون با تو اینه که اون توی امروز زندگی می‌کنه، ولی تو هنوز ایده‌آلیستی و معلوم نیست کجا و توی کدوم قرنی داری دنبال چی می‌گردی؟"

سر بهرام درد گرفته بود. بهزاد دوتا قرص پانودیل به او داد تا آن‌ها را با هم بخورد و خودش رفت که سیگار بخرد.

بهرام چشم‌هاش را بست، دو دستش را پسِ گردنش درهم کرد و تمام وزنش را روی پشتی صندلی انداخت. حالا انگار که جلوی آینه ایستاده باشد، خودش را از رو به‌رو می‌دید:

سری نیمه‌طاس با موهایی که بیشتر به سفیدی می‌زد تا به خاکستری. چین‌هایی دور چشم‌ها، و دو چین جدید مورّب در کنار لب‌ها، و آن پای لنگ، با لباس‌هایی بد دوخت و بد رنگ!

با خودش گفت:

"چی دارم؟ چی برام مونده؟"

سر پا ایستاد و گفت:

"مالک چی هستم؟ چی برام مونده؟"

دو باره نشست. با انگشت‌های درونِ هم رفته در پشتِ گردن. حالا کتایون را می‌دید. در لباس‌های شیک و خوش‌رنگ، با یک روژ لبِ جگری، میان دخترانش ایستاده بود. موهای بلندش را مِش کرده بود. همه شاد بودند. می‌گفتند و می‌خندیدند، پر از امید، و او را نمی‌دیدند.

با چرخش کلید در قفل، چشم‌ها را باز کرد. بهزاد کمی از درِ پاکتِ سیگار را پاره کرد. با انگشت اشاره به ته پاکت زد و سیگارِ بیرون جَسته را به سمت بهرام گرفت.

بهرام گفت که هنوز سرش درد می‌کند و ترجیح می‌دهد نکشد و با خنده‌ای که دهانش را یک‌وری کرد، گفت:

"دیگه سلامتم هم در تملّکِ خودم نیست!"

از جا بلند شد و گفت می‌رود. موقع خداحافظی بهزاد گفت:

- *"به نظرم بگذار این کار را بکنند. نترس."*

- *"من؟ ترس؟ از چی؟"*

- *"از تغییر. از جابه‌جایی نقش زن و مرد در خانواده. مگر تو مدافع آزادی و برابری حقوق زنان نبودی؟"*

۵

من می‌ترسم؟

من از قرار و قاعده‌های تازه و از تغییر در زندگی‌ام می‌ترسم؟

لعنت به تو بهزاد که با این حرف‌ها خواب را از چشمم دور می‌کنی. ترس از تغییر، از قرار و مدارهای جدید! باید به این فکر کنم!

حیوان‌ها هیچ قراردادی نمی‌بندند. همه چیز برایشان معلوم و غریزی است. طبیعی زندگی می‌کنند. ولی ما آدم‌ها غریزه‌های طبیعی را داریم، اما طبیعی زندگی نمی‌کنیم. با قاعده‌ها و قانون‌ها و قراردادها غریزه‌هایمان را به بند می‌کشیم و اسمش را می‌گذاریم تمدّن.

فکر می‌کنم این درست باشد که هر چه جامعه‌ها گسترده‌تر و پیچیده‌تر می‌شوند، قرار و قانون‌هاشان هم بیشتر و پیچیده‌تر می‌شوند.

من و کتی که تازه ازدواج کرده بودیم، توی یک اتاق اجاره‌ای زندگی می‌کردیم. یک اتاقِ درازِ بی قواره‌ی دو در پنج. من می‌رفتم سر کار. یک کار سختِ بدنی. نمی‌توانستم از اسم واقعی و مدرکم استفاده کنم. دنبالم بودند و زیرزمینی زندگی می‌کردیم. وقتی از سر کار می‌آمدم، او اتاق را جارو کرده بود و غذا را حاضر. یک فرش ماشینی داشتیم که نه در قید رفتن رنگش بودیم و نه سابیده شدنش. من می‌آمدم و تن خسته‌ام را به رختخوابمان که در جاجیمی با مربع‌های رنگارنگِ سرخ و سبز و زرد و نارنجی پیچیده شده بود تکیه می‌دادم و او غذا را می‌کشید. بعد من سفره را جمع می‌کردم و ظرف‌ها را می‌شستم و او چای را دم می‌کرد. اما زمانی که او هم شروع کرد به کار، دیگر

مجبور شدیم قرار بگذاریم که کداممان چه‌موقع غذا درست کنیم، خرید کنیم، و یا کارهای دیگر را انجام بدهیم.

وقتی حقوقمان زیاد شد رفتیم یک خانه‌ی سه اتاقه اجاره کردیم که حمام و آشپزخانه هم داشت و حالا دیگر برای تمیز کردنش باید با هم قرار می‌گذاشتیم. بچه‌دار که شدیم، چیزهای بیشتری خریدیم و رفته رفته قرارهای وظیفه‌ساز آن‌قدر زیاد شدند که مجبور شدیم هر از گاهی آن‌ها را روی کاغذ بیاوریم و تنظیمشان کنیم.

وقتی او حامله بود، باز در یک دوره‌ْ همه‌چیز طبیعی شد. مثل همان سول‌سورت ماده‌ی این درختِ روبه‌رو که روی تخم‌هاش می‌خوابید و پرنده‌ی نر می‌رفت غذا برایش می‌آورد و مسئولیت حفاظت از لانه و جانِ او و تخم‌ها را به عهده داشت. خیلی طبیعی! بی آنکه کسی چیزی بگوید. بسیار طبیعی.

باز هم خط اصلی از دستم در رفت.

اولین بار که دیدمش دلم لرزید. هیچ قرار و مداری در کار نبود. صد در صد طبیعی و غریزی. دلم طوری لرزید که تا آن وقت آن‌جور نلرزیده بود. حالا کجا؟

اول بگذار بگویم چه‌طور.

روز ۱۷ شهریور روز جمعه بود. رادیو را که روشن کردم مارش نظامی می‌نواخت. ناگهان صدای آن موزیک خشن قطع شد و صدای خشن گوینده گفت که از امروز تا شش ماه در تهران و یازده شهر دیگر حکومت نظامی اعلام می‌شود.

شاه ژنرال اویسی را کرده بود رییس حکومت نظامی. ژنرالی که به خاطر کشتار تظاهرکنندگان در پانزده سال پیش، به "قصاب ایران" معروف شده بود.

چهار روز پیش، من میان جمعیتی بیشتر از صد هزار نفر در میدان شهیاد تهران که حالا شده میدان "آزادی" تظاهرات کردم. ما با قدرتِ تمام

شعارهای تند "مرگ بر سلطنت پهلوی" و "زندانی سیاسی آزاد باید گردد" می‌دادیم و حالا حکومت نظامی اعلام شده بود. احساس کردم دارم خفه می‌شوم. پنجره را باز کردم و یک‌باره صدای تظاهر کنندگان ریخت توی خانه. تمام تنم از یک هیجان درونی می‌لرزید. هر اتفاقی ممکن بود پیش بیاید و هیچ‌چیزْ قابل پیش‌بینی نبود. هول هولکی چند لقمه به عنوان صبحانه بلعیدم و رفتم تا به تظاهرکنندگان بپیوندم. خیابان و میدان ژاله پر بود از مرد و زن و کودک و نوجوان. بدون آنکه با تنِ کسی برخورد کنی، حتا یک قدم نمی‌توانستی برداری. بعدها تاریخ‌نویسان رقم‌های متفاوتی از تعداد تظاهرکنندگان دادند. تاریخ‌نویسان غربی نوشتند بیش از نیم میلیون آن‌جا بود.

انقلاب ایران تاریخ‌نگاران را به کشف‌های جالبی رساند. از جمله اینکه در سراسر تاریخ، تا آن زمان در هیچ‌جای جهان چنان تظاهرات‌هایی با چنان جمعیت‌های عظیمی در همه‌ی شهرهای هیچ کشوری آنچنان در روزهای پیاپی به خیابان‌ها نریخته بودند. کشف دوم با این تعجب همراه بود که در همه‌ی روزهای انقلاب نه دزدی شد، نه غارت و چپاول، و نه تجاوزی صورت گرفت.

من در میدان ژاله بودم که هلیکوپترها بالای سرمان آمدند. از آن طرف خبر رسید که نیروهای نظامی با تانک و مسلسل راه را بسته‌اند و چند هزار نفر از تظاهر کنندگان در اعتراض روی زمین نشسته‌اند.

هوا گرم بود. عده زیادی آب به تظاهرکنندگان می‌دادند. همه‌جور آدم آن‌جا بود. زن‌های با حجاب و بی حجاب، جوانانی با لباس‌های مُد روز و پیرانی با ریش و تسبیح، کسانی با کراوات و بوی خوش ادوکلن‌های فرانسوی، و کسانی با لباس کار و کفش‌های پاره و بوی گندِ زیر بغل. یک‌باره صدای شلیک بلند شد. من در پیاده رو بودم. دویدم و خودم را به دیوار چسباندم. هلیکوپترها از بالا و سربازان از جلو به مردم شلیک می‌کردند. هر کس به سویی می‌دوید. به سوی خانه دویدیم. مردم درها را باز گذاشته بودند

تا فراریان بتوانند به خانه‌هایشان پناه ببرند. آن‌روزها همبستگی مردم بی‌اندازه بود. دیگر هرگز چنان صحنه‌هایی از همبستگی ندیدم.

به خانه که رسیدم هنوز عرقم خشک نشده بود که در را به شدّت کوبیدند. معلوم بود که کسی فرار کرده است. در را بازکردم و او خودش را انداخت تو. اولین دیدار من با کتایون چنین بود.

اولین دیدار!

مثل یک آهوی فراری افتاد توی حیاط! توی چشم‌های درشتش یک چیز دیدم: وحشت! لب‌هاش می‌لرزید. رنگش پریده بود. چادر سیاهش افتاده بود روی شانه‌هاش. خودش را انداخت تو. پیرزن صاحب‌خانه‌ام رفته بود شهرستان. همان روزِ هفده‌ی شهریور معروف بود. من در یکی از فرعی‌های خیابان ژاله، طبقه‌ی بالای یک خانه را اجاره کرده بودم. دوتا اتاقِ تو در تو داشتم. تازه نفسم داشت جا می‌آمد. تیراندازی که شد، از تظاهرات زدم بیرون و تا خانه را یک‌سر دویدم. رفتم رادیو را روشن کردم که دیدم با مشت به در می‌کوبند. تا در را باز کردم خودش را انداخت تو. شاید بهتر است بگویم چیزی افتاد تو. سکندری خورد و افتاد زمین. نزدیک بود سرش بخورد به لبه‌ی حوض. چادر از سرش افتاد. دستش را به زمین تکیه داد و بلند شد. کوچه‌ی ما بن‌بست بود. فوری در را پشت سرش بستم. نفس نفس می‌زد. یک بلوز قرمز تَنَش بود. یک بلوز آستین‌کوتاهِ یخه هفت، با شلوار لی و کفش کتانی. پرسیدم:

- *"تنهایی؟"*

آب دهانش را قورت داد، چادر را روی شانه‌اش راست و ریست کرد و با سر اشاره کرد: *"آره"*.

لب‌هاش خشک بودند. می‌لرزیدند. لب‌هاش درشت و قلوه‌ای بود. پوسته‌های نازک و خشک شده‌ای روشان نشسته بود. گفتم:

- *"بیا تو!"*

از بغل حوض گذشتیم. بردمش بالا. از بطریِ توی یخچال، لیوان را برایش پر از آب کردم. گفت:

- *"مرسی! یکی‌رو جلوی من زدَن. یه هویی تِلِپ! افتاد جلوی پام. دوستم دستمو کشید. از دسته زدیم بیرون. نمی‌دونم اون چی شد! به مامانش گفته بودم ما فقط از دور تماشا می‌کنیم."*

- *"من هم اون‌جا بودم. پیش پای تو رسیدم خونه. گرسنه نیستی؟"*

- *"ها؟"*

- *"می‌گم گرسنه نیستی؟"*

- *"نه! نمی‌دونم! نمی‌دونم به مامانش چی بگم!"*

دولا شدم که ظرف میوه را روی میز بگذارم که صدای دویدن چند نفر آمد و صدای یک تیر. هوایی بود. میوه‌ها را گذاشتم و گوشه‌ی پرده‌ی سورمه‌ای رنگی را که مادرم دوخته بود کیپ کردم. گفتم:

- *"نگران نباش. دیگه دارن زور آخرشون‌رو می‌زنن. این جامعه دیگه نمی‌تونه بر این مدار بچرخه. قانونا باید تغییر کنن. قرادادای تازه‌ای لازمه."*

گفت:

"یه دبیر ریاضی داریم که اونم همینو می‌گه. اما بابام می‌گه امنیت و آرامش از بین می‌ره."

گفتم:

"چه جالب! آخه من هم دبیرم."

سرش را بلند کرد. آب دهانش را قورت داد و پرسید:

"دبیر چی؟"

به چشمانش که گویی درشت‌تر شده بودند نگاه کردم. خاکستری بودند. گفتم:

"دبیر ادبیات. اما اینو هم به‌ات بگم که قراردادهای جدید، همیشه ایجاد نا امنی می‌کنن."

بعد از آن‌که گفتم دبیرم، یک اعتماد به‌نفسی در من پیدا شد که باعث شد همان جوری با او حرف بزنم که با شاگردانم حرف می‌زدم:

"سدّی رو مجسم کن که قراره یک دریاچه رو پشت خودش نگه داره..."

با اسم بردن از "سد"، سدّ کرج جلوی چشمم آمد. تنها سدّی که دیده بودم. اگر می‌شکست، با آن‌همه آبی که پشتش بود!

درست یادم هست که در اینجا مانده بودم با این مثال مسخره‌ای که یک‌دفعه توی ذهنم پرید و بی‌هوا به زبانم آمد چه کنم. او چیزی نمی‌گفت و من دوست نداشتم که سکوت باشد. سرانجام این‌جوری سرِهَمَش کردم:

- *"... انقلاب این سد را می‌شکند."*

فکر کردم پس عجب عمل احمقانه‌ای از انقلاب سر می‌زند!

یک دور چشمانم را دور اتاق گرداندم، اما هیچ راه فراری نبود. پس ادامه دادم:

- *"حالا بر سر ماهی‌ها و جونوراییی که توی دریاچه‌ی پشتِ این سد هستن چی می‌آد؟"*

چشم‌های درشت و خوشگلش، در آن صورت ظریفِ مینیاتوری یک کمی دودو زدند و بعد روی صورتم ثابت شدند. چین‌های ریزی که حالا دور چمشانش هست، آن‌وقت نبود. آب دهانش را قورت داد. لب‌هایش دیگر خشک نبودند. شده بودند رنگ توت‌فرنگیِ رسیده. گفت:

- *"خُب احساس ناامنی می‌کنن!"*

- *آفرین. درسته. پس اولین تأثیر یه انقلاب ایجاد احساس ناامنی است."*

این‌جا هم معلم شده بودم! در چشم‌ها و حالتش می‌خواندم که فکر می‌کند حرف‌هایم آن‌قدر سطح بالا و یا پیچیده هستند که او نمی‌تواند آن‌ها را بفهمد. از این لذّت می‌بردم و همین لذّت پیچ و مهره‌های زبانم را روغن‌کاری و روان می‌کرد:

- *"حالا اگه آبِ این سد به یه دریای باز و یا رودخانه‌ی بزرگی بریزه که وضع تغذیه و زندگی در اون‌جا بهتر باشه، کدومشون بهتره؟ دریاچه‌ی پشت سد، یا اون‌ور سد؟"*

- *"نمی‌دونم. اما بابام وقتی از سال سی و دو صحبت می‌کنه، همه‌اش از بلاهایی می‌گه که به سر مردم اومد. می‌گه امنیت رو تا وقتی که داریم قدرش رو نمی‌دونیم. درست مثل آب."*

دیگر سر و صدا خوابیده بود. گفتم می‌رسانمت. چادر سیاه را روی سرش کشید. فقط چشمانش از لای آن پیدا بود. خانه‌اشان تهران‌پارس بود. با اصرار او را تا فلکه‌ی اول همراهی کردم. می‌ترسید که با او دیده شوم.

رفت، اما دیگر هیچ جوری از ذهنم نرفت. و حالا مانده‌ام که آن احساسِ خوشی که از دیدن او در من به‌وجود آمد و در جانم ماندگار شد از چه بود؟ از آن چشمان بی‌قراری که به دنبال پناهگاهی می‌گشت؟ از آن امنیّتی که در پشت پرده‌های سورمه‌ای خانه‌ام به او بخشیدم؟ و یا از جوشش هورمون‌ها و سربرآوردن غریزه‌هایی که به ضربِ چماقِ تمدّن در من سرکوب شده بودند؟

هرچه بود، آن چشمان زیبا با آن رنگ عجیب، از همان روز به زندگی من وارد شدند، و آن نگاه رمیده مرا به او گره زد، و هرچه بیشتر می‌گذشت، میل پیدا کردنش و بوسیدن توت‌فرنگیِ لبانش در وجودم بیشتر و بیشتر می‌شد.

دیگر فکرم آزاد نبود. نه وقتی میان تظاهرات بودم، نه وقتی سر کلاس بودم و نه وقتی به آینه نگاه می‌کردم. آن چشمان خاکستریِ هراسان و آن بلوزِ یخه هفتِ قرمز آتشی، آن شلوار جین و آن چادرِ سیاهی که احساس می‌کردم خیلی سنگین بود و شانه‌هایش را پایین برده بود، دیگر مرا رها نمی‌کرد.

با چه اطمینانی، و چه محکم به او گفته بودم: *"نترس! کسانی از انقلاب می‌ترسند که قانون‌ها و قرارهای تازه به زیانشان تمام می‌شود."*

نشانی‌اش را که نداشتم. از او نپرسیده بودم. رعایتِ قانون اول مخفی‌کاری: داشتن اطلاعات اضافی خطرناک است. از این گذشته انتظار

نداشتم که فکر و ذکرش این‌جوری بیاید و همه‌ی وجودم را فتح کند. شاید بهتر است بگویم "اِشغال". نوزده سالش بود و من بیست و هفت سال باید او را پیدا می‌کردم. و سرانجام پیدا کردم. آن هم در چه شرایطی!

٦

از کجا باید شروع کنم؟

نکند حق با بهزاد است و من از تغییر و قرارهای جدید در زندگی‌ام می‌ترسم؟

تازه این بخش اول پرسش است! بخش دوم اینکه: چنین ترسی به‌جاست یا بی‌جا!

اول یک نگاهی به موقعیت کنونی‌ام می‌اندازم.

یک زن دارم با دوتا بچه. در آپارتمانی زندگی می‌کنم که من و او، باهم، از اول، یعنی از صفر مطلق شروع کرده‌ایم و آن‌را به اینجا رسانده‌ایم. آن وقت‌ها همه چیز را با توافق می‌خریدیم. تازه از ترکیه آمده بودیم و سازمان پناهندگی دانمارک ده هزار کرون داد تا برویم اسباب خانه بخریم. یک آپارتمان هم برایمان اجاره کردند که ماه به ماه کرایه‌اش را به حسابمان می‌ریختند تا به شرکت ساختمانیِ صاحبِ خانه بپردازیم. آن موقع پناهندگیِ سیاسی هنوز ارج و منزلتی داشت. مثل حالا نبود که خجالت بکشی بگویی پناهنده‌ام. هنوز به چشم کسی که آمده شیر و عسل را از سفره‌اشان بدزدد نگاهت نمی‌کردند.

به اینجا که رسیدیم، تنها چیزی که داشتیم لباس‌های تنمان بود و مقداری قرض. تشک و پتو و اندک ظرف و ظروفی که همه‌ی دارایی‌امان بود، برای بچه‌هایی که در ترکیه بودند گذاشته بودیم. ما حتا دیگر زبانی برای حرف زدن هم نداشتیم؛ و آن‌ها اولین کارشان این بود که ما را با یک مترجم

فرستادند تا حساب بانکی باز کنیم. یکی برای کتایون و یکی هم برای من. این یک علامت بود. اما من متوجه آن نشدم.

گفتند ده هزار کرون را به حساب کی بریزیم؟ گفتم من. کم پولی نبود. کتایون هم حرفی نداشت. انگار همه‌چیز معلوم بود که باید چه‌طوری باشد. گفتند برای بچه هم هر سه ماه یک‌بار پولی می‌دهند که به حساب مادر ریخته می‌شود. سارا که به دنیا آمد خانه‌امان را عوض کردیم و به اینجا آمدیم که هرکدام از بچه‌ها اتاق خودشان را داشته باشند. این آپارتمانِ چهار اتاقه را گرفتیم که دو اتاقش برای بچه‌ها باشد، یکی برای نشیمن، و یکی برای خواب.

پیش از آنکه به اینجا برسیم، هم از گریز و هم از پناهندگی تصویر دیگری داشتم. برای خودم بر بالِ خیال‌های خوش سیر و سفر می‌کردم. فکر می‌کردم دارم به سرعت به تصویری که از همان بچّگی از بزرگی خودم در سر داشتم، نزدیک می‌شوم؛ تصویر مردی در آرامش، و لمیده در یک مبل راحتی. بی‌دغدغه‌ی کرایه خانه، و بی‌ترس از نگه‌داشتنِ کتاب و نوشته‌ها. مردی امیدوار به آینده. آن‌هم آینده‌ای که تنها رو به خوب‌تر شدن دارد. آخر هنوز تکامل تاریخ را باور داشتم!

یادت هست؟ می‌گفتیم پس از برده‌داری، فئودالیسم و پس از آن سرمایه‌داری می‌آید و بی شک پس از آن پرولتاریای نجات‌دهنده از راه می‌رسد و همه‌ی جهان را سوسیالیستی و عادلانه می‌کند؟

ما که تا آن‌موقع به اروپا نیامده بودیم! همین‌جوری از این و آن، راست و دروغ، یک چیزهایی شنیده بودیم که شده بود آگاهی‌امان در باره‌ی اروپا و پناهندگی!

حالا که دیگر سال‌ها گذشته، می‌توانم راستش را بگویم. آخر تا حالا رویم نشده که آن تصورات را برای کسی تعریف کنم.

فکر می‌کردم چون می‌شوم پناهنده‌ی سیاسی، تا به این‌جا می‌رسم، یک خانه و یک جیره‌مواجب ثابت و ابدی به من می‌دهند و دیگر کسی کاری به کارم ندارد! پیش خودم می‌گفتم زبان را هم که شش ماهه یاد می‌گیرم و بعدش می‌نشینم برای خودم آخرین ایده‌ها و نظریه‌های سیاسی، اجتماعی و اقتصادی را می‌خوانم و ترجمه می‌کنم. عشق می‌کردم که "سورِن کیرکه‌گورد" و "هانس کریستیَن آندرسن" را به زبان اصلی خواهم خواند. آن‌هم در آرامش! چه می‌دانستم که بعد از بیست سال هنوز نخواهم توانست این زبان را به روانی فارسی بخوانم!

آخرهای دهه‌ی هشتاد میلادی بود. شش ماهی که پیش خودم برای کلاس زبان در نظر گرفته بودم تمام شد و رفتم برای امتحان. توی دیکته‌ی دو صفحه‌ای ده‌تا غلط داشتم! هنوز اخبار را که می‌شنیدم کلمه‌ها را جدا جدا می‌فهمیدم و از درکِ معنای همه‌ی جمله عاجز بودم. تازه دغدغه‌ی مقاله نوشتن توی نشریه‌های خارج کشور را هم داشتم، و مگر می‌شد وقتی ایرانی‌ها تظاهراتی راه می‌انداختند در آن شرکت نکنم؟ اما هنوز جوان بودم و پر انرژی، و هنوز پر از امید. مثل حالا نبود که هنوز ساعتِ ده نشده خوابم می‌گیرد.

یک سال گذشت. در کلاسی ثبت نام کردم که دو سال به درازا کشید و آماده‌ی رفتن به دانشگاه شدم. تازه پس از گذراندن این دو سال مدرکی به من دادند که معادل دیپلم دانمارکی بود. تحصیلات ما را قبول نداشتند که!

توی این دو سال باید روزی هشت ساعت به کلاس می‌رفتم و توی خانه هم باز کلی درس می‌خواندم. کتایون هم همین‌جوری پا به‌پای من می‌آمد تا آنکه حامله شد.

نشستیم حساب کردیم که بچه را نگه داریم یا نه. سرانجام به این نتیجه رسیدیم که نمی‌شود.

روزی که قرار بود کتایون برای سقط جنین برود، من نتوانستم همراهش بروم. حتّا اصرار کرد که با او بروم. اما من همان‌روز باید به جشنی می‌رفتم که

آن‌را با بچه‌های سیاسی برنامه‌ریزی کرده بودیم. من خودم مجری بودم و نمی‌شد آنجا نباشم. می‌شد؟

روز برنامه از یک ماه پیش تعیین شده بود. جا گرفته بودیم. بیشتر از دویست نفر آمدند. من نمی‌توانستم نباشم. هنوز هم وقتی به‌یاد آن می‌افتد داغش تازه می‌شود. می‌گوید:

"من که اینجا غیر از تو کسی رو نداشتم!"

آن وقت به او گفتم مگر پیش از ازدواج به تو نگفتم که زندگی ما یک زندگی عادی نخواهد بود؟

تا یک هفته یک کلمه هم حرف نزد. هیچ کاری هم نمی‌کرد. روز آخر داشتم غذا درست می‌کردم که دستم سوخت. یک هفته زنت با تو حرف نزند! مگر آسان است؟ مگر من غیر از او کی را داشتم؟

دستم که سوخت بی‌اختیار سرش داد کشیدم. دیدم سایه رفت کز کرد یک گوشه. این خرسک اسباب بازی‌اش را توی یک دستش گرفته بود و شست آن یکی دستش را تند و تند می‌مکید و با چشمان درشت خاکستری‌اش بی آنکه پلک بزند، به من نگاه می‌کرد. درست چشمان مادرش را دارد. درشت و خاکستری و خوش‌حالت. گریه‌ام گرفت. رفتم توی دستشویی. توی آینه قیافه‌ام آن‌قدر مظلوم بود که دلم برای خودم سوخت. یاد یک آهنگ محلی افتادم که خواننده‌اش با زاری می‌خواند:

"دلسوزی ندارم که برایم گریه کند."

یک هفته بود که هم درس می‌خواندم هم دوتا مقاله نوشته بودم و هم خرید و آشپزی و بچه‌داری کرده بودم. رفتم سایه را بغل کردم. به سینه‌ام فشارش دادم. آرامشی از بوی معصومیت و گرمای تنش به تنم آمد. احساس کردم ماهیچه‌هایم دارند از حالت گرفتگی درمی‌آیند. می‌گویند عصبانیتْ ماهیچه‌ها را منقبض می‌کند. البته آن موقع به این چیزها فکر نمی‌کردم. وقتش را نداشتم. به او غذا دادم و کنارش دراز کشیدم تا خوابش برد. او را آرام

بوسیدم، رویش را پوشاندم و رفتم سراغ کتایون. گفتم همین یک بار بود و دیگر تکرار نمی‌شود. لب‌هام را بردم جلو تا ماچش کنم که تلفن زنگ زد. ماچ سریع و کوچولویی از او کردم و گوشی را برداشتم. خاله‌ام بود. از وقتی به خارج آمده بودیم، این اولین بار بود که به ما زنگ می‌زد. خیلی حرف زد. با ربط و بی ربط. صدا هم خوب نمی‌رسید. آخر به آن کلیشه‌ی معروف رسید:

"می‌دونی عزیزم که مرگ شتری است که...".

دلم لرزید. دستم هم به لرزه افتاد. گفت دایی‌ام که خیلی هم دوستش داشتم فوت کرده است. این اولین خبرِ مرگی بود که در این‌جا شنیدم.

درست نیست! باید اصلاحش کنم. خبر مرگ خیلی شنیده بودم، اما این‌جا، این اولین کسی بود که از نزدیک می‌شناختم و خبر مرگش را شنیدم. پس بعضی‌ها را دیگر نخواهم دید! هرگز! گلویم پر از بغض شد و چشمم پر از اشک. به کتایون که انگار داشتم او را از پشت شیشه‌ای مات می‌دیدم اشاره کردم که بیاید و گوشی را بگیرد.

پس از مدت‌ها، آن‌شب آمد و بغلم کرد. توی رختخواب هم محکم بغلم کرد. صبح که بیدار شدم هنوز دستش دور کمرم بود.

نمی‌دانم چرا در این خانه سر هر کلافی را که می‌گیرم آن سرش به "آسایش" و "آرامش" ختم می‌شود.

داشتم از موقعیتم می‌گفتم.

موقعیت کنونی‌ام شامل آسایشی است که در این خانه دارم و می‌دانم هرجوری که بشود باز این خانه هست که شب را توی آن بخوابم. با وجودِ این قرار و آرام ندارم!

با این سؤال‌ها هم نمی‌دانم چه باید بکنم: من واقعاً می‌ترسم؟ آیا ازدواج یکی از همان سدهایی نیست که نمی‌گذارد زندگی ما فرو بریزد؟ این سد را چه کسانی، چگونه و از کِی جلوی زندگیِ ما بسته‌اند؟

زندگی ما!

زندگی من!

آرامش من!

توی این خانه؟

من می‌ترسم؟

تازه چه اهمیّتی دارد که می‌ترسم یا نه؟

کار به اینجا که رسید دیگر باید کاری کرد.

فردا کاغذها را می‌گذارم جلویش و می‌گویم امضاء کن. باید حواسم باشد که توی چشم‌هایش نگاه نکنم.

۷

قرار بود خانه‌ی من خانه‌ی بختِ او باشد و بخت او با بختِ من گره بخورد، و گره خورد. از همان شب. اما هیچ گرهی نیست که تا ابد باز نشود. تازه اگر باز نشود، می‌شود آن‌را برید.

امروز کاغذها را می‌گذارم جلویش و می‌گویم امضاء کن.

پایان بخت سفید! خانه‌ی بخت!

عجب شبی بود، شب اوّل!

یگانه!

آن شب او چیزی به من داد که یگانه بود و او می‌توانست آن‌را تنها یک‌بار به یک نفر در سراسر این جهان پهناور هدیه کند، و آن یک نفر من بودم. کتایون تا حالا چندبار این را به من گفته است و هربار، من خودم را در هیئت یک بدهکار دیده‌ام.

اولین هم‌خوابگی تجربه‌ی بزرگی بود. هم برای او و هم برای من. در چهره‌اش یک جور درد و شادی، هردو باهم، به اضافه‌ی حالتی از غرور دیدم. بعد که رفت زیر لحاف و مچاله شد، با مهربانی و احساسی بزرگ‌منشانه و با افتخاری که سعی می‌کردم پنهانش کنم پرسیدم:

"درد داری؟"

با ناله‌ای گفت:

"لطفاً چراغو خاموش کن!"

چراغ را خاموش کردم. فضای خیالم بی‌نهایت شد. با شوقِ یک فاتح از پشت بغلش کردم.

مادرم یک لحاف دونفره‌ی چهل‌تیکه را که با دست‌های خودش دوخته
بود، برایمان هدیه آورده بود. پس از خواندن دعا، با شوق و ذوقی آن را
انداخت روی تخت. تخت را تازه خریده بودم. مادر کتایون گفته بود:

"یعنی تخت هم نداره؟"

کتی مثل حالا نبود که وقت عشق‌بازی لباس‌های مرا درمی‌آورَد و
حرف‌های آن‌چنانی می‌زند. برای آن‌که خجالت نکشد چراغ‌ها را خاموش
کردم. نوک پستانش که به سینه‌ام خورد از شوق فریاد کشیدم. رفتم هوا!
پرواز کردم! سبک! انگشتش را گذاشت روی لب‌هام و گفت:

"هیس! مال توام!"

چه سخت بود بی فریاد! آخر در اتاق بغلی مهمان‌ها خوابیده بودند.
یک‌جور شکنجه‌ی همراه با لذّت. یک‌باره با جیغ کوتاهی که کشید و خودش
را جمع کرد، پس کشیدم. چه فتح زجرآوری! آخر من آمده بودم این زن و
سرزمین زنانه را فتح کنم. من فتح می‌کردم چون مرد بودم در سرزمینی
پدرسالار. مگر در همه‌ی فرهنگ‌های مردسالار خوابیدن با دختران باکره
افتخار و پیروزی نبوده است؟ من هم به این پیروی رسیده بودم، اما چون او
را دوست داشتم و چون در این میان باعثِ دردکشیدنش شده بودم، آن هم در
نخستین تماسی که می‌خواستم عشقم را با تمام وجودم نثارش کنم، حسّ
بسیار بدی به سراغم آمد.

چراغ را روشن کردم. نمی‌دانم در همان تاریکی، چه‌وقت یک دستمال
سفید انداخته بود زیر خودش. خونی شده بود. جمعش کرد و داد دستم و
گفت:

"بده به مادرت!"

و من که گمان کرده بودم فاتح شده‌ام، تا ابد وامدار او شدم.

آن زمان من فتح و پیروزی را نه تنها دوست داشتم، بلکه برایش
می‌جنگیدم! هر روز داشتم برایش جانم را به‌خطر می‌انداختم! توی تظاهرات،

توی خیابان، و اعلامیه که پخش می‌کردم! آن موقع هنوز لنگ نبودم. اعلامیه‌ها را که دستم دید دنبالم کرد. فریاد زد: ایییییست! همین که پیچیدم صدای گلوله را هم شنیدم. شانسی است که زنده ماندیم. هر روز چندبار از مرگ می‌گریختیم. بی‌خود نیست که در آن مملکت این‌همه توکل به این و آن می‌کنند.

چه داشتم می‌گفتم؟ آن موقع فکر می‌کردم که اگر احساس‌های خوبی را که از جنگیدن با "بدها" و "بدی‌ها"، مسئولیّت‌پذیری، و از پیروز شدن در مبارزه‌های کوچک و بزرگ در آدم ایجاد می‌شود از «مردانگی» بیرون بکشند، دیگر چه‌چیزی از آن باقی می‌ماند؟

از وقتی که شکست خوردیم، از همان زمانی که خودم هم جزو شکست خوردگان آن سرزمین شدم و احساس کردم از آن طلبکارم، همه‌اش فکر می‌کنم که در برابر هر فاتحی یک شکست خورده هم داریم، و آدم شکست‌خورده طلبکار است و خود را قربانی می‌داند.

مردانگی؟

باور کن دیگر نمی‌دانم چیست! این‌جا که فقط اسباب دردسر است. در این جامعه‌ی غربی هر وقت یکی از آن احساس‌های مردانگی را بُروز بدهی، چنان توی پوزت می‌زنند که می‌خواهی از خجالت آب شوی.

سرم درد می‌کند. نمی‌شود. این‌جور نمی‌شود. باید یک روشی برای بررسی پیدا کنم. اما شرطش این است که بتوانم از همان اول آن را برای خودم تعریف کنم! مثل یک قصّه. باید ببینم چه چیزهایی به یادم مانده و چه شد که رابطه‌امان به این‌جا کشید.

قرار شد اول او را بفرستم خارج. او را با سایه. خیلی دوستش داشتم. عاشقش بودم. حاضر نبودم هیچ‌جوری باعث آزارش بشوم. مسئولیتش با من بود. مسئولیتش!

از کجا؟ از کجا شروع کنم؟ من یک موجود یک‌پارچه‌ام یا به‌هم چسبیده؟ آن‌هم به‌هم چسبیده از قطعه‌هایی که از جنبه‌های روانی و جسمی جداگانه قابل بررسی هستند؟

هرچه باشم، این را می‌دانم که هر خاطره‌ای در این وجودی که منم، خودش یک قطعه‌ی کامل است. قطعه‌ای از وجود من که دارای بُعدهای زمانی و مکانی مشخصّی است. اما با اینکه جای این خاطره‌ها در گذشته است، هر لحظه که به یادم می‌آیند، جایی در زمان حال را پر می‌کنند. چه کنم؟ بهتر این است که به سراغ خاطره‌های مهمّ بروم. خاطره‌هایی که مربوط به رابطه‌ی من و اوست.

در یکی از برخوردها، باباش گفت:

"مهریه مثل یک نوع بیمه است. یک نوع تضمین. تو که می‌گی رسم مهریه رو قبول نداری و برای برانداختنش تلاش می‌کنی، پس بگو به‌جای اون چه تضمینی به من می‌دی؟"

گفتم:

"همون تضمینی که شما به من می‌دین!"

چین‌های پیشانی‌اش به نشانه‌ی توجه و تعجب جابه‌جا شدند، دستی به موهای جوگندمی‌اش کشید و پرسید:

"یعنی چه؟"

گفتم:

"مگه تضمین شما این نیست که در مقابل او احساس مسئولیت می‌کنید؟ من هم همین‌طور. از این به بعد مسئولیت او با منه!"

مستقیم توی چشمانم نگاه کرد و پس از یک مکث طولانی دستی به شانه‌ام زد و گفت:

"خوشم اومد! خیلی خوشم اومد! حرفی به این پختگی از دهن هرکسی در نمیاد. امیدوارم باهم خوشبخت بشین."

اما ای کاش توی دهنم زده بود و گفته بود مگر او علیل و ذلیل است که مسئول بخواهد؟ کاش گفته بود مگر تو چی داری که او ندارد که می‌خواهی مسئولش بشوی؟

اما این‌ها چیزهایی است که الآن به ذهنم می‌رسند و شاید همین‌جا، و تنها به درد اروپا بخورند. آن موقع هنوز نفهمیده بودم که آدم اسیر گفته‌های خودش می‌شود، به‌ویژه اگر آن‌ها را با صدای بلند بگوید و کسانی هم آن‌ها را بشنوند.

ولی آقا بهرام! جان خودت بیا و به‌جای این‌که سخنرانی بکنی داستان زندگی‌ات را بگو! آخر وقتی داری از آن زمان حرف می‌زنی، آیا باید بتوانی نشان بدهی که آن موقع چه‌طور فکر می‌کرده‌ای یا نه؟ بی رودربایستی همان را بگو! همان حکایت پرده‌ی بکارت را که آن روزها آن‌همه اهمیّت داشت؛ همان موضوعی که تا ابد بدهکارت کرد.

وقتی برای عقد از پزشک گواهی بکارت آورد، یک احساس خاصی به من دست داد. این را حالا می‌توانم بنشینم و تحلیل کنم. آن‌موقع فقط حسش می‌کردم. حسی که نمی‌توانستم اسمی رویش بگذارم. مادر و خواهر بزرگم را از شمال آورده بودم تهران. توی خانه نشسته بودیم که

با مادرش آمد. مادرش گواهی دکتر را که داخل یک پاکت زردرنگِ کلفت بود روی میز گذاشت. برای اولین بار کسی وظیفه داشت که بیاید و سندی را به من ارائه بدهد. اگر آدم به فهم و شعور الآن من نرسیده باشد فکر می‌کند که آدم بزرگی است. دستِ‌کم فکر می‌کند از همان کسی که ناچار بوده تأییدیه را بیاورد بزرگتر است. حتا کسی از من نمی‌خواست تأییدیه‌ای بیاورم که ببینند سوزاک و سیفلیس دارم یا نه! همه که می‌دانستند پسرها پیش از ازدواج به جنده‌خانه‌ها می‌روند!

باز هم حواسم پرت شد.

البته همان بار اولی که رفتم و او را تا تهران‌پارس رساندم احساس بزرگی کردم. اما این بار خیلی فرق داشت. آن‌موقع تنها پیش خودم چنین احساسی داشتم، اما حالا این دیگران بودند که به من تفهیم می‌کردند که در مقام بالایی ایستاده‌ام.

عقد و عروسی را با هم گرفتیم. خیلی مختصر. نمی‌توانست مختصر نباشد. دوتا آدم نیمه‌مخفی که نباید زیاد سر و صدا راه بیندازند!

من و کتایون آخرِ شب با ماشین عموی کتایون رفتیم خانه‌ی خودم. مامان و خواهر و برادرم با ماشین برادر بزرگم رفتند خانه‌ی خاله‌ام توی امیریه.

چی داشتم می‌گفتم؟ آها! سایه یک روز به مادرش گفته بود که دوست‌پسر گرفته. یک روز هم دستش را گرفت و آورد که او را با ما آشنا کند. هیچ‌کس از ما نپرسید عمو خرت به‌چند! هیچ کس هم سند بکارت از ما نخواست. قراردادهای اجتماعی جور دیگری هستند اینجا. دانشگاه که رایگان است و سایه کمک هزینه تحصیلی هم می‌گیرد. بغلش کار هم می‌کند. توی کریسمس یک ادوکلن گران‌قیمت صد میلی‌لیتری گوچی با یک کراوات ایتالیایی برای من خرید. از پول خودش.

استقلال مالی دارد و خانه به اسم اوست. از پسرک خوشش نیاید می‌اندازدش بیرون.

استقلال مالی!

از پسره خوشش نیاید می‌اندازدش بیرون!

کتایون هم می‌گوید پول‌هامان را جدا کنیم!

اینجا چه‌قدر سرد است!

الآن خیلی وقت است که سایه دوست‌پسر دارد. یک سیاه‌پوست از کنیا. مارتین خیلی سیاه است با دماغی پهن. سایه به موهای زبر و فرفری‌اش دست می‌کشد و می‌گوید دوست دارد موهای بچه‌اش مثل موهای او بشود. می‌گوید

۵۰

دورگه‌ها خیلی زیبا می‌شوند. مارتین در واقع دانمارکی است. این‌جا بزرگ شده. دو سالش بوده که به دانمارک آمده.

وقتی به مادرم گفتم نامزد سایه سیاه پوست است، یک سکوت طولانی برقرارشد، طوری که فکر کردم ارتباط تلفنی‌امان قطع شد. بعد آهی کشید و گفت:

"بهرام جون، عزیزم! نمی‌دونم چرا من همه‌اش فکر می‌کردم نوه‌هام چشم آبی و موبور می‌شن."

بعد، لابد برای اینکه مرا ناراحت نکرده باشد ادامه داد:

"پسرم شکل ظاهر مهم نیست، بخت آدم باید سفید باشه."

و او نمی‌دانست که با این حرفش دوباره داغم را تازه کرد.

چرا بچه‌هایم آن‌هایی که می‌خواستم نشده‌اند؟

۸

من دوست ندارم یک‌طرفه به قاضی بروم. گذشته از این، دوست داشتم صدای کتایون هم در این کتاب باشد. پس از او خواستم تا شرح سفرش به ایران را برایم بنویسد. این بخش نوشته‌ی اوست با ویراستاری من که گردآورنده‌ی این کتاب هستم.

"دوست عزیز می‌دانی که من عادت به نوشتن ندارم. غیر از تکلیف مدرسه و دانشگاه و بعضی وقت‌ها نامه، تا حالا یادم نمی‌آید چیز دیگری نوشته باشم. پس یادت نرود که باید این‌ها را از نظر دستور زبان و نقطه‌گذاری درست کنی.

با بچه‌ها که رفتم ایران، هفته‌ی اول را هیچ نفهمیدم چه‌جوری گذشت. همه‌اش دیدار بود. دیدارِ فامیل و دوست و آشنا و یادآوی خاطراتِ خوش گذشته. آن چند روز اول را انگار که همه‌اش توی رؤیا بودم. یک جور زندگیِ بهشتی بود. نه وظیفه‌ای، نه مسئولیتی. همه چیز سبک بود و در سطح، مثل مینیاتورها، مثل بهشت.

خلاصه همه‌چیز خوب بود و من از واقعیتِ پروظیفه‌ی زندگی روزمره فاصله گرفته بودم. بعد از مدّت‌ها علاوه بر وظیفه‌هایی که به عنوان یک زن مستقل روی دوشم بود، از فکر خانه‌داری، مردم‌داری و کار اداری هم راحت شده بودم و خوشحال و خندان، در آن زندگی که با عمقش هیچ کاری نداشتم، درست مثل اینکه در خواب خوشی باشم، برای خودم غلت و واغلت می‌زدم و لذّت می‌بردم.

هفته‌ی دوم به خانه‌ی خواهرم در شهرستان رفتم. این‌جا دیگر کسی را نمی‌شناختم. تنها خواهرم بود که مرا با گذشته مربوط می‌کرد. وقتی من خارج بودم خواهرم با مردی که نمی‌شناختم ازدواج کرد. آن‌هم در این شهر دورافتاده. دو روز اول همه‌چیز برایم تازه بود. با هم کلی خندیدیم و کلی گریه کردیم. با هم رقصیدیم و غذا درست کردیم.

سودابه از من خوشگل‌تر بود. اما حالا نبود. عکس‌هاش را به هر کسی نشان داده بودم، اول فکر کرده بود عکس مدل یا هنرپیشه‌ای است. همیشه هوای اندازه‌های سینه و باسن و کمرش را داشت. اما حالا چاق شده بود. یک پیراهن بلند پوشیده بود و مثل پنگوئن‌ها راه می‌رفت.

شوهر سودابه دست بزن داشت. او را نگذاشته بود که بیرون کار کند. لیسانسش را باید بگذارد در کوزه. هروقت کتابی دستش می‌گرفته، شوهرش شب زیر بشقاب غذا می‌زده و آن‌را می‌ریخته. دیگر حساب از دستش در رفته بود که چندبار قهر کرده و پیش مادرم به تهران رفته بود. از این تعجب می‌کنم که مادرم یک کلمه از این چیزها را به من نگفته بود!

مرا بگو که خودم را آماده کرده بودم تا از اختلافاتم با بهرام برای او بگویم!

هفته‌ی آخر رفتم پیش برادرم. در این همه سالی که خارج بودم هنوز برادرم را که پیش چشم مجسم می‌کردم، همان جوان ورزشکاری بود که خودش را نگهبانِ شرفِ خانواده می‌دانست و من و سودابه، چه توی دبیرستان، چه توی خیابان، و حتا توی خانه‌ی دوستانمان از صلابتِ نگاهش که همیشه مراقبمان بود، در آسایش نبودیم.

او خودش همه کاری می‌کرد. اما او پسر بود. بهرام می‌گوید من نسبت به مردْجماعت بی‌اعتمادم. چه می‌دانم! شاید حق با او باشد. یعنی می‌شود رفتار برادرم هیچ تأثیری روی من نگذاشته باشد؟

یک‌روز زودتر به خانه آمدم. کلاس هشتم بودم. خانه‌ی ما جنوبی بود. کلید که انداختم و درِ حیاطمان را باز کردم، توی حیاط، یکی از همکلاسی‌هام را دیدم که آن‌روز از مدرسه غیبت کرده بود. او تا مرا دید نگاهش را دزدید و با چشم‌های اشکبار از درِ حیاط زد بیرون. آن‌وقت من ماندم و برادرم. او مرا به باد کتک گرفت که این چه موقعِ به خانه آمدن است!

اما آخر من باید چه می‌کردم؟ زنگ آخر دبیر نداشتیم. جرئتِ رفتن به جایی را هم که نداشتیم.

حالا داشتم به این نگهبان شرفِ خانواده نگاه می‌کردم که بعد از یک سکته، با دهانی که انگار داشت شکلک درمی‌آورد، به من خوش‌آمد می‌گفت. حرف‌ها از گوشه‌ی راست دهنش و از لای لب‌های کجکی‌اش دست و پا شکسته می‌ریخت بیرون. چرا این‌قدر کوچولو شده بود؟

یک‌دفعه جلوی چشمم تار شد. دست بُردم و چشم‌های خیسم را پاک کردم. اما فایده‌ای نداشت. اشک همین‌جوری می‌آمد! نمی‌دانم این‌ها اشکِ چی بود. اشک شوق بود، اشک ترحم بود، یا اشک درد و ناراحتی؟

خیلی گریه کردم. بعد دستمالی از کیفم درآوردم و چشم‌هام را پاک کردم. لیلا یک لیوان آب برایم آورد. برادرم نشست لبه‌ی ایوان. عصا را گذاشت وسط پاهاش. دوتا دستش را گذاشت روی دسته‌ی عصا و به آن تکیه کرد. سرش را با دشواری بالا گرفت تا بتواند مرا که ایستاده بودم خوب نگاه کند. پیر و طاس بود و قوزی. به چشم‌هاش که نگاه کردم، انگاری شوکی به من وارد شد. در چشم‌هایش ضعف دیدم و یک‌جور افسوس و درد. همان موقع حس کردم یک اتفاقی افتاد. یک چیزی در وجودم تغییر کرد. یک‌باره! یک حس عجیبی بود. حس کردم آدم دیگری شدم. انگار پرده‌ای کنار زده شد. وقوع یک حادثه‌ی بزرگ در فاصله‌ی چند ثانیه! من دیگر آن خواهرِ کوچکِ ضعیفی نبودم که نمی‌توانستم از ترس به چشم‌های برادرِ قلدرم نگاه کنم!

۵٤

شاید در اثر همین شوک بود که کمی بعد متوجه شدم دیگر حتّا نسبت به خواهرِ ته‌تغاری و عزیز دُردانه‌ام که مثل من دربه‌در نشده بود و توانسته بود در وطن بماند، هیچ احساسی از حسادت نداشتم.

تا این‌جای این سفر، هرجا که رفته بودم، وقتی حرف می‌زدم، همه‌ی چشم‌ها به من دوخته می‌شد. فکر نمی‌کردم اینکه من از اروپا آمده باشم، می‌تواند این‌همه مهم باشد. برای هر چیزی نظرم را می‌پرسیدند. خانه‌ی برادرم هم همین‌جور بود.

آدم کِی بزرگ می‌شود؟ یعنی خودش می‌پذیرد که دیگر بچه نیست؟

به‌نظرم این نه به قد است نه به سن. نشانه‌های ظاهری مهم نیست. گمان می‌کنم آدم وقتی بزرگ می‌شود که خودش، از درون آن‌را پذیرفته باشد. یعنی بزرگی از درون می‌آید و رفتار آدم را عوض می‌کند. من هیجده سالم که شد هنوز بچه‌ی مامانم بودم. سی سالم که شد باز بچه بودم: دخترِ کوچولویِ مادرم، خواهرِ کوچکِ برادرم و خانم‌کوچولویِ شوهرم.

شاید آدم وقتی بزرگ می‌شود که دیگران نظرش را می‌پرسند؟ یا وقتی که می‌تواند بزند اما نمی‌زند؟ یا دیگر در جایی که برایش تنگ است نمی‌ماند؟ یا شاید وقتی است که دیگر کسی را دور و برش ندارد تا برایش درددل کند و تازه می‌فهمد که ناچار است تا ابد رازهایی را در سینه، و دردهایی را توی دلش نگه دارد؟

وقتی رفتم سر سوغاتی‌ها، همه دورم را گرفتند. دختر برادرم آن موقع شانزده سالش بود. یک پولیور ارغوانی برایش برده بودم که وقتی آن‌را پوشید شکاف میان پستان‌هاش پیدا بود. تقصیر من نبود. اینجا تازه مُد شده بود. من از زیر چشم دیدم که برادرم دارد این پا و آن پا می‌کند و رنگ به رنگ می‌شود. از طریق نامه خبر داشتم که زیاد حریف این تنها دخترش نمی‌شود. با لذت انتقام‌جویانه‌ای حرص خوردنش را تماشا می‌کردم. اما برایم کافی نبود.

ماتیکی از کیفم درآوردم و لب‌های برادرزاده‌ام را قرمز کردم. نگاهی به باباش کرد و زیر فشار نگاهِ او رویش را به طرف من برگرداند:

- *"بابام خوشش نمی‌یاد!"*

- *"اِ...ه؟ مگه من می‌خوام برا بابات بزنم؟"*

همه خندیدند.

برادرم در برابر من که حالا تحصیل‌کرده و مدرن و از فرنگ آمده بودم، و در برابر دختر جوانش، دیگر توان زورآزمایی نداشت.

حس کردم انتقام چه لذّتی دارد وقتی که زخم‌هایت هنوز تو را می‌سوزانند!

بعد از اینکه برایش ماتیک زدم، به آرامی آن‌را پیچاندم، با آرامشِ کامل درش را بستم و با لبخند، در حالی که داشتم حرص خوردن برادرم را نگاه می‌کردم، آن را توی دستش گذاشتم و گفتم: "برای خودت."

یک خط چشم و مژه‌ی مصنوعی هم که برای کس دیگری آورده بودم به او دادم. با آنکه زیرچشمی از نگاه پدرش غافل نبود، اما ذوق‌زده آن‌ها را پذیرفت و مرا بوسید.

پدر تنها توانست از لای لب‌های یک‌وری‌اش بنالد که:

- *"خواهر جون پر روش می‌کنی!"*

یک‌باره منفجر شدم:

- *"چه‌طوریه همیشه به پسرای فامیل نصیحت می‌کردی و می‌گفتی که اگه پررو نباشن کلاهشون پس معرکه است؟ وقتی شما این دختر رو می‌فرستی تو جامعه تا درس بخونه و کار کنه، مگه انتظار نداری که حقوقش با مردها یکی باشه؟ پس چرا نسبت به اون نباید همون دیدی رو داشته باشین که به مردها دارین؟ شاید وقتش رسیده که توی فرهنگِ واژه‌هاتون یه کمی تجدیدنظر کنید داداش، و مثلاً در مقابل پررویی بذارین: موردی که اگر در جامعه لازم است، پس برای دختر و پسر هردو لازم است. شما اینجا با*

افکاری که مال فیلم قیصره تو خونه نشستین و برا خودتون رؤیایی ساختین که طبق اون دخترتون باید چه شکلی توی این جامعه زندگی کنه! اونم این جامعه‌ی واویلای امروز! هیچ به این فکر کردید که او باید با چند میلیون آدم توی این دنیا رقابت کنه تا بتونه یه کار به‌دردبخور پیدا کنه؟ شما می‌خواین که اون توی رقابت با این چند میلیون مرد و زن موفق بشه، اما در ضمن دختری باشه که هنوز آفتاب روشو ندیده و جلوی باباش پاشو دراز نمی‌کنه، بلند نمی‌خنده، مث دده مطبخی‌ها بی آرایش می‌گرده و روش هم نمی‌شه که اگه سئوالی داره اونو از یه مرد بپرسه. اینا تصورای باطله داداش! اینا هیچ ربطی به واقعیت نداره.»

در این‌جا برادرِ پر اُبُهّتِ آن گذشته‌های ترسناکِ من سرفه‌اش گرفت. با فشارِ شدیدِ هر دو دستش به دسته‌ی عصا از جا بلند شد و به کُندی و با سختی رفت وسط حیاط، کنار حوض. با پشت خمیده، یک پایش را روی زمین می‌کشید و می‌رفت. اَخ و تفش را توی پاشویه انداخت و مشغول وضو گرفتن شد.

راستش، من اول که شروع کردم به حرف زدن، از زلالی و رسایی صدای خودم تعجب کردم. بعد، از آن خوشم آمد. سال‌ها بود که تنها در رؤیا و کابوس توانسته بودم چنین بلند و رسا و مطمئن با برادرم حرف بزنم. یک‌باره خودم را بزرگ دیدم. بزرگ و قوی. اما وقتی حرف‌هام تمام شد، هنوز خوب احساس سبکی نکرده بودم که دیدنِ شمایل برادرم با آن حال نزار و آن‌جور بی‌صلابت، موجب شد تا به‌شدّت احساس شرمندگی کنم. پیشانی‌ام عرق کرده بود و می‌دانستم که در این حالت صورتم هم سرخ می‌شود. حالا دیگر دوست داشتم اتفاقی بیفتد که تلافی این‌همه تندی‌ام را بکند. دوست داشتم یک‌جوری مجازات بشوم.

زنِ برادرم، لیلا، همان همکلاسیْ که آن‌روز با چشم‌های خیس از خانه‌امان رفته بود و من به خاطرش کتک خورده بودم، گفت:

"کتی جون! تو چند روزی اینجا مهمونی و بعدش هم می‌ری، اما ما باید با هم زندگی کنیم!"

این همان سیلی‌ای بود که انتظارش را می‌کشیدم. پاسخِ صریح دخالت در زندگی دیگران! تنم که تا چند لحظه‌ی پیش داغ بود، یخ کرد. دستم را به پیشانی‌ام کشیدم. خیس بود و سرد. من اسم این را می‌گذارم برخوردِ یک احساسِ داغ با فولادِ سرد واقعیت.

سال‌ها در خواب با برادرم رو به‌رو می‌شدم و حقش را کف دستش می‌گذاشتم و حالا که توانستم در بیداری این کار را بکنم، نتیجه‌اش دردی شد که توی سینه‌ام پیچید. داشتم لب‌هام را گاز می‌گرفتم و زور می‌زدم تا بغضم را قورت بدهم.

یک شب بیشتر آن‌جا نماندم. چند روز آخر را پیش مادرم رفتم. سهم ارثم را گرفتم. هرچند نصفِ سهم برادرم بود، اما هنوز قابل ملاحظه بود.

تا به دانمارک برسم، همه‌اش در این فکر بودم که با این پول چه کنم. بهرام همیشه می‌گوید پول، و موضوع حفظ ثروت قانونمندی‌های خاص خودشان را دارند و آن‌ها را بر زندگی تحمیل می‌کنند. فکر کردم این حرف‌هایی که می‌زند، چه اهمیتی دارد؟ بگذار هرچه می‌خواهد بگوید. یک چیز برایم روشن بود. من به هیچ قیمتی نمی‌خواستم این پول را قاتی خرج‌های روزانه کنم."

۹

بهرام رفته بود پیش بهزاد. خانه‌اش همان‌قدر آشفته یا مرتّب بود، که دفعه‌ی پیش. سیگاری آتش زد، دودش را با فشار از سوراخ‌های دماغش بیرون داد و گفت:

"بهزاد! این دفعه دیگه تصمیمو گرفته‌ام. دیگه این‌بار راستی راستی می‌خوام جدا شم. مگه چند سال دیگه می‌خوام عمر کنم؟ نمی‌خوام در حسرتِ آزادی بمیرم."

بهزاد گفت:

"یادمه یه روز نشسته بودیم لب دریا و تو می‌گفتی رسیدن به چیزی که در رؤیا داشته‌ای، به مفهوم رسیدن به هدف نیست. گفتی وقتی به اونجایی برسی که فکر می‌کنی رؤیاهات به واقعیت پیوسته، تازه می‌بینی به جایی رسیده‌ای که شبیه یه میدون یا چارراهه. اینو هم اضافه کردی که هر راهی‌رو که بری، باز آخرش به یه راه دیگه می‌رسه تا آرامشو ازت بگیره. بعد نتیجه گرفتی که آرامش هم یک امر نسبی است و آدم نباید آرامشِ نقدی رو، قربونی خیال‌پردازی و بلندپروازی‌های نسیه بکنه."

بهرام گفت:

"خوب یادت مونده! اما حالا دیگه آرامشی برام نمونده که بخوام قربونی‌ش کنم! مگه ازدواج یه قرارداد نیست؟ به نظر من زندگی دونفر که ازدواج کرده‌ن، مثِ زندگی دو نفره که تو یه قایق‌ان، وسط دریا. حالا وای اگه همدل نباشن! می‌شه هرکدومشون به یک‌جهت پارو بزنن؟ یه قایق می‌شه هم‌زمان به دو طرف بره؟ تا حالا یه قرار و قانون‌های ناگفته و نانوشته‌ای بین

ما بود. از همون اول. همونا هم ضامنِ زندگیِ مشترکمون بود. اونا دیگه نیستن. یکی‌شون این بود که "پول من" و "پول تو" بینمون نبود. حالا دیگه پولِ اون با پول من فرق می‌کنه. تا حالا چند بار به رخم کشیده. ارثی که با خودش آورده، پول اونه!"

بهزاد با حالتی عصبانی پرسید:

"پس می‌خواستی پول تو باشه؟"

بهرام بلند شد. پشت پنجره رفت و همان‌طور که پشتش به بهزاد بود گفت:

"نه! اما طبق همون قراری که این همه سال، چه در نداری و چه در دارندگی رعایتش کرده بودیم، باید پول «ما» باشه."

بهزاد سیگاری روشن کرد و آرام و شمرده پرسید:

"حالا اگه همچی ارثی به تو رسیده بود، باز هم همین حرفو می‌زدی؟"

بهرام برگشت و با صدای بلند گفت:

"من؟ من همیشه بیشتر از اون پول بردم تو اون خونه. هیچ وقت هم هیچ پولی رو از اون پنهون نکرده‌ام. حالا هم چشمی به اون پول ندارم، اما جوری که او به اون پول نگاه می‌کنه غیر قابل تحمّله! رفته اونو یه جایی کار انداخته که من نباید بدونم کجاس، و به کس یا کسانی داده که من نباید بدونم کی هستن!"

بهزاد پک عمیقی زد و با صدایی بم و آرام گفت:

"اون‌جوری که من کتایون رو می‌شناسم سرانجام اونو توی همون خونه خرج می‌کنه. شاید می‌خواد بگه که اون بی تو هم وجود داره. از دو حال خارج نیست. یا پولاش رو می‌خورن و یا سودی می‌ده که میاردش تو اون خونه."

بهرام نشست. با صدایی خسته گفت:

"از ایران که برگشته به‌کلی عوض شده. نمی‌دونم تأثیر این پوله یا اونجا پرش کرده‌ن!"

صدای بهزاد بالا رفت:

"تو که داری مثِ ننه‌ی ننه‌بزرگ من حرف می‌زنی! پُرش کردن دیگه چه صیغه‌ایه؟ از تو بعیده!"

بهرام دستی به موهاش کشید، سرش را پایین انداخت و آرام شروع به حرف زدن کرد:

"چند شب پیش، بعدِ نود و بوقی داشتیم ماچ و بوس می‌کردیم. مثل همه‌ی سال‌هایی که این کار رو می‌کردیم، موهاش را ناز کردم و تو گوشش زمزمه کردم: عزیز کوچولوی من، تو باید همیشه مال من باشی!

اگه بدونی چه‌کار کرد! یه‌دفعه پا شد سیخ نشست. بلوزش رو که پشت و رو شده بود با عصبانیت برگردوند و با عجله پوشید، نگاه غضبناکی به منِ هاج و واج انداخت، دامنش رو ور داشت و از اتاق زد بیرون. هنوز تو شوک بودم که برگشت با یه سیگار لای انگشتاش. دمِ در یه جوری وایساده بود که انگار با دستِ چپش خودشو سفت بغل کرده بود. همون دوتا انگشتشو که سیگار لاشون بود، مثِ یه هفت‌تیر رو به من گرفت و با صدای محکمی، یه‌کلمه، یه‌کلمه گفت: "هیچ. دوس. ندارم. که. از این به بعد. به من بگی کوچولو! امیدوارم دیگه هیچ‌وقت. اینو. تکرار. نکنی! در ضمن، من. مالِ. کسی. نیستم!"

منو می‌گی؟ چی باید می‌گفتم؟ ساکتِ ساکت! هیچ حرفم نیومد! همین‌جوری مثِ بچه‌ای که نمی‌دونه واسه چی داره تنبیه می‌شه، ساکت و بی حرف، به دودی که با حرکت‌های عصبی دستش تیکه تیکه از سیگار لای دو انگشتش، بی‌قرار و باشتاب این‌طرف و آن‌طرف می‌پرید، نگاه می‌کردم و در این فکر بودم که چه‌طور در این همه سال هیچ اعتراضی به این‌جور حرف‌ها نکرده بود!

یه شبِ دیگه رفتم خونه دیدم سارا داره نون و کره می‌خوره. گفت: «مامانم گفته امشب برا خودش بیرون شام می‌خوره و دیر میاد.»

تازه از همه‌ی اینا بدتر! مگه به‌ات نگفتم؟ می‌گه بیا پولامونو جدا کنیم. می‌گه هرکدوممون سر ماه که می‌شه یه مقدار برا خرجیمون کنار بذاریم و بقیه‌اش هم مال خودمون! می‌دونی مال خودمون یعنی چه؟ یعنی مال خودش.

مال خودم! مال خودش! اینارو دیگه من نمی‌تونم هیچ جاییم بچپونم!"

بهزاد برای نخستین بار دید که هیچ حسادتی نسبت به بهرام ندارد و دید که غمناکیِ تنهاییِ خودش به این‌جور زندگی سر است. دلش برای او و آن چهره‌ی زود پیر شده‌ی درمانده‌اش سوخت. پیشنهاد کرد که بروند بیرون و آبجویی بخورند و برای این‌که دلداری‌اش داده باشد گفت:

" هر جوری که زندگی کنی مشکل‌های خاصّ خودشِ رو داره! یادت نره که خدا آدم و حوّا رو برا تنبیه به زمین فرستاد و نه برای خوشبخت شدن. اونارو با این محکومیّت به زمین فرستاد که تا ابد به دنبال بهشتی بگردن که حالا دیگه براشون یه رؤیا شده بود. تازه اونا وضعشون از ما بهتر بود چون می‌دونستن جرمشون چیه، مارو بگو که اونو هم نمی‌دونیم."

سر و صدای ترافیک چهارراه نگذاشت بهزاد حرفش را ادامه بدهد. به خیابانی رسیدند که میخانه‌ای قدیمی در آن بود. به بهرام گفت:

- " زندگی ایده‌آل فقط تو ذهن ما وجود داره. توی آینده است، آینده‌ای که تا به‌اش برسی می‌شه زمان حال، و زمان حال تنها یه لحظه‌اس که تا بخوای لمسش کنی لیز می‌خوره و می‌افته توی چاهِ بی‌انتهای گذشته."

بعد انگار که تنها خطاب به خودش باشد، با چشمانی که مستقیم به جلو، به بی‌نهایت نگاه می‌کرد، حرفش را ادامه داد:

"خوشبختی یه رؤیا بیشتر نیست. خوشبختی تنها در لحظه‌هاست."

بهرام با فریاد گفت:

"بابا خوشبختی به دَرَک! من آرامشم رو از دست دادم!"

بهزاد انگشتش را به علامت سکوت روی لبش گذاشت و وارد میخانه شدند. در گوشه‌ی نیمه‌تاریکی نشستند و دوتا آبجو بشکه‌ی توبورگ سفارش دادند.

بهزاد نگاهش را به در و دیوار و سقف و لیوان آبجو و هر چیز دیگری می‌گرداند تا از نگاهِ بهرام بگریزد و نمی‌دانست چه بگوید تا سکوت را بشکند، تا آنکه بهرام گفت:

"به ظاهر، همه‌ی قراردادهای اجتماعی، مقررات و قانون‌ها برای بهتر شدن زندگی درست شده‌ان، اما دیگه خیلی زیاد شده‌ان. توشون غرق شده‌ایم. دیگه هیچ چیزِ غریزی‌ای در آدم نمونده که قانون، مذهب یا اخلاق آزادش گذاشته باشه و منع، محدود، و یا دفرُمه‌اش نکرده باشه."

بهرام نگاهش را به لیوان آبجو دوخت. انگار در آن دریای زرد به دنبال کشف ساحلی می‌گشت که سوادش هیچ پیدا نبود.

بهزاد به انگشتان بهرام که با حالتی عصبی روی لیوان آبجو ضرب گرفته بودند خیره شده بود. شرمش می‌آمد که به زن زیبای بهرام، خانه‌ی همیشه مرتبّ و بچّه‌های سالم و سرزنده‌اش حسادت کرده بود. همچنان نگاهش را به هرسو می‌دواند تا با نگاه بهرام تلاقی نکند.

این مرد که در برخورد با زنی که نزدیک به بیست سال با او زندگی کرده بود، اینک خود را چنین لهیده می‌دید، اگر می‌فهمید که چه در سر این صمیمی‌ترین دوستش می‌گذرد...؟

چه خوب است که هنوز نمی‌شود افکار آن دیگری را خواند!

۱۰

آن بلوز یخه هفتِ قرمزِ آتشی، آن شادابیِ جوانی و آن دهان خوشگلی که از ترس و هیجان نیمه‌باز مانده بود، و آن لب‌های خشک پوسته پوسته‌ی ناز، و آن چشم‌های خاکستری که به من همچون آدمی بزرگ و دانا نگاه می‌کرد، تصویری است که این‌جا، توی کلّه‌ام حک شده است. هر وقت که احساس می‌کنم دوستش دارم و پیشم نیست، هنوز هم در همین هیئتی که گفتم برایم مجسم می‌شود.

آرام و قرار نداشتم. همه‌اش دور و بر تهران‌پارس پرسه می‌زدم. مثل کفتر جَلد، هرجا که می‌رفتم باز سر از همان منطقه درمی‌آوردم. یک سال بعد- کمی کمتر- سرانجام دیدمش. توی میدان هفت‌حوض نارمک. رفتیم روی نیمکتی نشستیم. آن پشت، توی درخت‌ها. نمی‌دانم چه‌قدر گذشت. می‌دانم که گرسنه شده بودم. او هم گرسنه بود. یک همبرگرفروشی آن‌جا بود که همبرگرها را روی یک منقل بزرگ درست می‌کرد. همبرگر ذغالی. به گمانم اسمش همین بود. عجب بوی اشتهاآوری داشت! دوتا گرفتم با کوکاکولای اصل. اصلش را فقط بعضی جاها داشتند. چپی بودیم و بی مذهب. اما این تنها ظاهر قضیه بود. تا عمق وجودمان پابند اخلاق و مذهب بودیم. تازه حالاست که می‌توانم ببینم به‌راستی جای سؤال دارد که ما دو جوانِ تشنه‌ی تنِ همدیگر چه‌طور توانستیم آن‌همه با هم تنها باشیم و حتّا دست یکدیگر را هم لمس نکنیم! از ترس بود؟ یعنی من همیشه ترسیده‌ام؟ اما از چی؟ از چی بیشتر؟ از قدرتِ قراردادهای اجتماعی، یا دینی و اخلاقی؟

او هم جذب همان سازمانی شده بود که من عضوش بودم. چهار یا پنج بار دیگر هم همان‌جا همبرگر ذغالی خوردیم، با نوشابه‌ی اصل. یک چیز اصلی در زمانی که همه‌چیز مشابه بود.

بعد دعوتش کردم به خانه‌ام. نشانی‌اش را نمی‌دانست. تنها منطقه را یادش بود.

در خانه‌ام، همان‌جور که روی صندلی، توی اتاق نشسته بود، می‌خواستم یک لیوان آب به دستش بدهم. پشت سرش، از یخچال بطری آب سرد را درآوردم و لیوان را پر کردم. دست راستم را آرام روی شانه‌ی چپش گذاشتم. برای اولین بار بود که تنش را لمس می‌کردم. شانه‌اش زیر دستم لرزید. چنان لرزید که دستم را پس کشیدم. هیچ‌جوری نمی‌خواستم برَمَد. برای همیشه می‌خواستمش. لرزش عجیبی بود. مثل یک ماهی که می‌خواهد از دستت در برود. یک ماهی که تازه از آب گرفته‌ای.

برای همیشه می‌خواستمش؟

در هر صورت آن زمان تصوّرم این بود. منطق قراردادِ اجتماعیِ ازدواج مگر همین طلسم *"برای همیشه"* نیست؟

شانه‌اش که لرزید، دستم را پس کشیدم. قیافه‌ای جدّی گرفتم و روبه‌رویش نشستم. گفتم: "خیلی به‌ات فکر می‌کنم."

سرش را پایین انداخت و گفت او هم همین‌طور.

زیر آن قیافه‌ی جدی چه بود؟ می‌خواستم چه چیزی را پنهان کنم؟ ترسم را؟

من از آینده و زنجیر شدن به یک نفر دیگر می‌ترسیدم. از تنهایی هم متنفر بودم.

بهزاد می‌گوید قیافه‌ی جدّی ماسکی است برای پوشاندن ضعف‌ها. اما من فکر می‌کنم برای پوشاندن ضعف‌ها، همه‌ی مردم از یک ماسک استفاده نمی‌کنند.

آخر چرا من نباید بتوانم مثل میلیون‌ها آدم دیگر از اول، مثل یک داستانِ شُسته رفته، زندگی‌ام را از اول تا حالا تعریف کنم؟

ساعت یک نصف شب است الآن. همه خوابند. بهتر است بروم روی بالکن کمی هوا بخورم.

چه هوای خنکی!

از تشکیلات خواستیم که ما دوتا را بیندازند توی یک حوزه. وقتی گفتیم که می‌خواهیم ازدواج کنیم، با استقبال روبه‌رو شدیم. ازدواج پوشش تشکیلات‌پسندی بود.

به قرار تقویم، قرار است که هنوز تابستان باشد. ولی این قرار، مال هوای ایران است. این‌جا دیگر خنکی‌اش مثل هوای پاییز است و دارد مرا می‌گزد. بهتر است بروم تو.

از این‌جا به بعد را دیگر دوست ندارم به یاد بیاورم. کاش برای همیشه از ذهنم پاک شود. آن دوران را می‌گویم. زیاد در باره‌اش گفته‌اند و نوشته‌اند. بلاهایی که سر همه آمد. حالم بد می‌شود. بگیر و ببندها. در به‌دری‌ها. تازه من خوشبخت بودم که مثل حسن آن‌چنان بی‌پناه و ویلان نشدم که شب‌های سرد زمستان بروم توی خیابان ناصر خسرو، روبه‌روی شمس‌العماره، یک مقوا زیرم بیندازم و سگ‌های ولگرد را بغل کنم تا از سرما نمیرم. من خوش‌شانس بودم. حسن هر وقت حرف می‌زد صد دفعه می‌گفت "جونِ تو". می‌گفت:

"یه سگ سیاهی بود که دیگه خیلی باهام جور شده بود. اسمشو گذاشته بودم مشکی. شب‌ها بغلش می‌کردم. همه‌ی بدنم بو می‌داد. خودم که دیگه حالی‌ام نبود. جون تو راس می‌گم. از رفتار و نگاه مردم می‌فهمیدم، وقتی از پهلوشون رد می‌شدم.

چشای سگه درشت و براق بود. اگه بدونی این تنها مونسِ من چه چشای مهربونی داشت! یه کارتونی چیزی می‌انداختم زیرم و تا صبح بغلِ این

سگه سگ‌لرز می‌زدم. صبح که می‌شد، جون تو اگه دروغ بگم! می‌دیدم رهگذرا کلی سکه دور و برم انداختن. اون موقع هنوز این اصطلاح کارتون‌خواب اختراع نشده بود. جونِ تو موهای سر و ریشم عین گداها به‌هم چسبیده بود. خیلی‌هاشون سگو که پیشم می‌دیدن پیف پیف می‌کردن. بیچاره یه پاش می‌لنگید. یه غروبِ سردی بود اون روز. یه سوزی داشت که نگو! هرچی وایسادم نیومد. براش سه تیکه استخون گذاشته بودم لای روزنامه. روزنامه‌رو زدم زیر بغلم. دستامو کردم تو جیبام و از این سر کوچه‌ی عربا رفتم تا اون سرش. چه سرمایی بود لاکردار! جون تو سنگو می‌ترکوند. یه دور دیگه هم زدم و برگشتم. نبودش. یه معتادِ گدا دهنشو از زیر لحافِ پاره پوره‌اش درآورد و گفت: «شهرداری بردش. بیخودی دنبالش نگرد داداش». بهرام جون تو اینا رو که گفتم عین واقعیته."

حسن خوشبخت بود که توانست در برود. شاید از رطوبت همان شب‌هاست که حالا رماتیسم دارد. الآن توی هلند است. سدِ جلوی دریاچه شکسته شد و هیچ قرارِ آشناییْ بر جا نماند. سد شکست و سیل آمد. رابطه‌ها که هیچ، آدم‌ها را هم آب برد. حسن به هلند افتاد. کشوری که در گودی است. پایینتر از سطح دریا، و سدهای اطرافش البته نمی‌شکنند.

وقتی می‌شنوم که می‌گویند "انقلاب بیست و دو بهمن"، حالم بد می‌شود. این همه حماقت؟ وقتی این را می‌شنوی انگار که یک روز مشخص انقلاب شد و دیگر تمام. از آن‌روز تا حالا هر روز دارد انقلاب می‌شود. انقلاب در واژه‌ها، رفتارها، عادت‌ها، درک و فهم‌ها. چند سال گذشته؟ هنوز هِی دارد هر روزه تعریف جدید در باره‌ی همه‌چیز داده می‌شود؛ همه‌چیز. آن‌وقت می‌گویند انقلاب بیست و دوم بهمن! انگار انقلاب، بی هیچ پیش و پسی در یک روز اتفاق افتاد و دیگر تمام.

ما ازدواج کردیم، جنگ بود. بمباران بود. چند سال در به‌دری کشیدیم. سال‌ها از این خانه به آن خانه، از این شهر به آن شهر، تا آنکه افتادم زندان.

دیگر نمی‌خواهم به آن فکر کنم. خودِ دوران نکبتش کم بود که حالا با یادآوری‌اش باز خودم را شکنجه کنم؟ البته دست خود آدم که نیست. فکرش می‌آید و باید آن‌را پس بزنم، فکر این‌که در آن مدت کتایون چه کشیده و هر روزش چند سال بوده است!

برای همان روزها هم که شده، من به او بدهکارم. همین‌هاست که نمی‌گذارد آرام بگیرم.

تازه رفته بودیم توی آن خانه. یک آپارتمان سه طبقه بود. ما دو اتاق در طبقه‌ی سوم داشتیم. شب اول، بعد از اسباب‌کشی و پرده زدن و چسب‌کاریِ شیشه‌ها که اگر بمب و موشک زدند شیشه‌ها پخش همه‌جا نشود، و بعد از آنکه آشپزخانه را قابل استفاده کردیم، دیگر نای جنبیدن نداشتیم و تا ده صبح بی‌هوش افتادیم. ده صبح دست و صورتی شستیم و صبحانه‌ای خوردیم که کتایون خم شد تا سفره را جمع کند. همان بلوز یخه هفت قرمز تنش بود. پستان‌هاش را دیدم که بی‌قرار در جنب و جوش بودند. جاشان تنگ بود و انگاری می‌خواستند از آن تو بپرند بیرون. یادم نمی‌آمد که چند وقتِ پیش عشقبازی کرده بودیم. یک‌باره چنان هوایش را کردم که نگو! همان روی رختخواب‌ها، با یک حرص و ولعی لباس‌هاش را درآوردم که یعنی فقط می‌شود گفت "کندم". کندنی دیوانه‌وار. دست‌هام از شوق می‌لرزید. درست وسط عشقبازی بودیم که آژیر قرمز را کشیدند. ای به گور پدر هرچی انقلابه! خواستیم بی‌خیال شویم که در زدند. با شدّت. صاحبخانه بود. خیلی خوب است که این زن‌ها دامن دارند! کتایون همان‌جوری بی شورت، دامنش را پوشید و بلوزش را هم فوری تنش کرد و رفت دم در. گفت که می‌توانیم برویم توی زیرزمینشان. صاحبخانه آدم خوبی بود. همان موقع به خودم گفتم من از این مملکت می‌روم. دیدم هیچ چشم‌اندازی نیست که در آن‌جا به آن آرامشی برسم که بتوانم با وجدانِ راحت در یک صندلی راحتی لم بدهم و بازی نوه‌هایم را تماشا کنم.

شبِ آن روز خواب بدی هم دیدم. خوابی که هیچ‌وقت فراموشش نکردم. شاید اگر آن خواب را نمی‌دیم از ایران بیرون نمی‌آمدم. من و کتایون داشتیم می‌رفتیم خانه. شب بود و به علت بمباران‌ها چراغ خیابان‌ها خاموش. چند نوجوان کمیته‌ای با تفنگ‌های ژ-سه جلوی ما را گرفتند. ما را جلو انداختند و وارد حیاطی کردند. شبیه یک مدرسه‌ی درب و داغون جنوب‌شهری بود. مرا به چوب پرچم بستند و دهانم را چسب زدند. کتایون را به همان دالان تاریکی بردند که از آن وارد شده بودیم. صدای جیغ و ضجّه‌های او را می‌شنیدم. جیغ و فریادش گاه‌گاهی قطع می‌شد. مثل اینکه جلوی دهانش را با دست می‌گرفتند. فحش‌ها را می‌شنیدم، با لهجه‌های مختلف. فریاد هم نمی‌توانستم بزنم. سرم را به تیر پرچم می‌زدم. داد و فریاد و ضجه‌هایش رفته رفته به ناله تبدیل شد و بعد سکوت... و بعد هق هق گریه‌ای از ته دل. آمدند دست‌هایم را باز کردند، جلوی پایم تف انداختند و رفتند. با شتاب به‌طرف دالان رفتم. فندک زدم. توده‌ای دیدم بی‌شکل. کتایونِ من، مثل تلی از زباله زیر چادرش مچاله شده بود، و دیگر ناله هم نمی‌کرد. با دستی فندکِ روشن را نگه داشته بودم و با آن یکی دستم که می‌لرزید گوشه‌ی چادر را بلند کردم. صورتش زیر اشک و خون بود و موهای خیسِ عرقش به پیشانیش چسبیده بود. چنان فریادی کشیدم که از پسِ این‌همه سال هنوز صدایش آشفته‌ام می‌کند. از خواب پریدم. خیسِ عرق بودم. می‌لرزیدم و کتایون می‌گوید آن شب صدای دندان‌هایم که به‌هم می‌خورد، او را هراسان کرده و از خواب پرانده بود.

چه خسته‌ام! بگذار بروم توی تخت، زیر لحاف. دوست دارم خودم را جایی قایم کنم. آن‌جا هم می‌توانم دنباله‌ی داستانم را بگیرم. پدر و مادر بیچاره‌ی من! پدرم آرزوی دیدن نوّه‌ی کوچکش را به گور برد. می‌گویند نوّه از بچه‌ی آدم عزیزتر است.

خسته‌ام. خسته. اما بهتر است اول یک آبجو بخورم. به‌جای قرصِ خواب. دوست دارم مثل سنگ بیفتم و تا صبح تکان نخورم.

کِرمِ خارج رفتن از همان روز افتاد توی تنم. اما اول باید پول سفرم را جور می‌کردم. از همان روز تا وقتی که فکرم عملی شد سه سال طول کشید. کتایون توی همان خانه حامله شد. من اگر می‌دانستم بچه‌ام توی کشوری بزرگ می‌شود که همیشه‌ی خدا ابری و گرفته و بی آفتاب و سرد است، مگر دیوانه بودم که اسمش را بگذارم سایه؟ تازه درست هم تلفظش نمی‌کنند! سَیِه. آن‌هم بدون تلفظِ ه. تازه این باز خوب است. دوستی داریم که اسم دخترش خاطره است. صداش می‌کنند: کاتِغِه!

گفتم ارواح مشکتان! زحمت کشیده بودید و به خیالتان اسم خوبی برای یکی یک دانه‌اتان انتخاب کرده بودید. کاتغه! همه‌چیز غریب است اینجا. چه می‌دانستم که در غربت خاطره هم دیگر خاطره نمی‌شود.

سد شکست و سیل ما را برد. یعنی آورد به این‌جا. همه‌ی قرارهای آشنا را آب برد. صداهای آشنا را هم.

یواش یواش اتفاق افتاد. یواش یواش دیدم و فهمیدم که مقررات و قرار و قانون‌های اینجا به‌کل از جنس دیگری هستند. من آمده بودم که شش ماهه زبان را یاد بگیرم، اما نشان به آن نشان که یک سال آزگار در کلاس‌های مقدماتیْ زبان خواندم، بعد دو سال پیش‌دانشگاهی و پنج سال دانشگاه. این شد چند سال؟ هشت سال. یعنی اگر در کشور خودم بودم، در این مدت دکترایم را هم گرفته بودم. تازه این‌ها به جهنم. هنوز اگر بخواهم دوتا صفحه‌ی آ چهار به دانمارکی بنویسم، باید شش مرتبه به لغت‌نامه مراجعه کنم و بعد از سارا یا سایه هم بخواهم که آن‌را برایم تصحیح کنند، و این‌جور وقت‌ها، انگار پدرم روبه‌رویم نشسته باشد، از او می‌پرسم: "کدام آرامش؟"

اما چرا این‌جوری شد؟ ما که همدیگر را دوست داشتیم؟

باید بخوابم. اما ببین کتایون چه خور و پُفی می‌کند! آن‌وقت‌ها تا خودِ صبح بغلش می‌کردم و می‌خوابیدم. تا خودِ صبح، یک‌دست. هیچ‌وقت خور و پُف نمی‌کرد.

چند سال است خور و پُف می‌کند؟ آن‌وقت‌ها، صبح‌ها که می‌خواستم بروم سر کار می‌بوسیدمش. تنش بوی خوبی می‌داد. بویی که دیگر نیست. یعنی مال سن و سال است؟ پس چرا وقتی می‌گویم عوض شده‌ای، با عصبانیت می‌گوید او همانی است که بوده. می‌گوید "برعکس! این تویی که عوض شده‌ای."

اما راستی چه کسی می‌تواند یک‌بار برای همیشه خودش را تعریف کند؟ یعنی باور کنم که این‌همه اتفاق‌های عظیمی که در این سال‌ها در زندگی ما پیش آمده هیچ تأثیری روی او نگذاشته؟

فکر نکن. برو بخواب. بالش زیر سرش را که یک هوا بکشی خور و پُفش قطع می‌شود. نمی‌دانم چرا همیشه فکر می‌کردم که زن‌ها نباید خور و پُف کنند. بهزاد می‌گوید مثل آن است که بگویی زن‌ها نباید بگوزند.

کتایون می‌گوید من هم خور و پُف می‌کنم، آن‌هم چنانکه او می‌ترسد نکند که همسایه‌ها را بیدار کنم! من که خودم صدای خور و پُف خودم را نمی‌شنوم. می‌گویند خور و پُف یک امر طبیعی است که با سن و سال پیش می‌آید. امری طبیعی است، مثل همان گوزیدن زن‌ها که بهزاد می‌گوید.

طبیعی؟ حس عجیبی نسبت به نگاه بهزاد دارم. نگاهش به کتایون را می‌گویم. این نگاه اوست که طبیعی نیست، یا حسّ من؟

راستی این طبیعی است؟ یعنی بر اساس خواسته‌های غریزیِ یک تنِ نر و یک تنِ ماده است که بهزاد این‌جوری...؟

... این‌جوری به کتایون نگاه می‌کند؟

بگذر! بعضی چیزها را همان بهتر که با صدای بلند نگویی.

البته اگر بتوانی.

اما من نمی‌توانم.

نمی‌دانم چرا من که این اتاقِ بی رف و طاقچه را دوست ندارم، باز آمده‌ام و این وسط ایستاده‌ام. این طرف و آن‌طرفم دو راهرو هست که یکی به در ورودی و دیگری به اتاق خواب راه می‌بَرَد. آن طرفی هم که دیوار نیست، همین پنجره‌ای است که از پشتش آن درخت و آن لانه‌ی خالی را می‌بینم. پنجره. دیوار. اتاق‌خواب. در ورودی. چرا نگوییم درِ خروجی؟

۱۱

چند شب پیش، شب عید نوروز، مهمان داشتیم. مگر ما این‌جا با چند نفر رابطه داریم؟ بهزاد بود و یک خانواده‌ی دیگر با پسر و دختر نوجوانشان. کتایون این‌جور وقت‌ها همه‌ی آشپزی را کُمپلِت، خودش به‌دست می‌گیرد. من هم ور دستش پیاز و سبزی و چیزهای دیگر را تمیز و یا خورد می‌کنم، آشغال‌ها را بیرون می‌برم، میز را می‌چینم و خلاصه گوش به‌فرمان می‌مانم که آن صدای خوشگل عصبانیتش را که از خستگی ناشی می‌شود درنیاورم. چنین وقت‌هایی آن‌قدر جان می‌کند که وقتی مهمان‌ها می‌آیند دیگر رمقِ خوشی کردن برایش نمی‌ماند و تازه آن‌موقع کار من که سرویس دادنِ به مهمان‌هاست شروع می‌شود. آن‌هم با آن خستگی!

دیروز غروب، ساعتی پیش از آنکه مهمان‌ها بیایند رفت حمام که بوی پیاز و سبزی سرخ کرده ندهد. ترگل و ورگل از حمام بیرون آمد. یک حوله‌ی نارنجی دور خودش پیچیده بود و با آن بدن گرم و مرطوب و معطر، و آن موهای نمناکِ پریشان چنان خواستنی شده بود که حاضر بودم همان موقع با او بخوابم و از خیر باقیمانده‌ی عمرم بگذرم. رفتم بغلش کردم و خواستم ببوسمش که به شدت پسم زد و گفت:

"اِ...ه! چه دله‌ای! برو اون‌ور بینم، الآن مهمونا میان!"

من که خونِ داغ به رگ‌هایم دویده بود و سراپا شور خواستن بودم، باز دوباره رفتم جلو که ببوسمش و دست‌کم دستی به کپل و پستانش بکشم که چنان هُلم داد که یک‌باره آن خونِ داغ توی رگ‌هام سرد شد و از شوق و ذوق افتادم. یعنی راستی که انگار از یک جایی افتادم. بعد حس کردم که آدم وقتی

شوق و ذوق دارد سبُکِ سبُک است و در آن بالابالاها می‌چرخد و می‌گردد، اما بعد که یک چیزی مثل تیر به او اصابت می‌کند سنگین می‌شود و می‌افتد. یک‌دفعه. از آن بالا.

بعد رفت یک پیراهنی پوشید که پشتش تا نزدیکی‌های باسنش باز بود. آن پشتِ سفیدش توی آن پیراهن سیاه خیلی هوس‌انگیز بود. دامنِ پیراهن کوتاه بود. از آن عطری هم زده بود که مرا دیوانه می‌کرد.

گفتم:

"حالا چرا اینو پوشیدی؟"

خودم متوجه شدم که صدایم عصبی، خشن و اعتراضی است.

"چیه؟ اینَم باید از تو اجازه بگیرم؟"

از ترس این‌که نکند باعث غَلَیان احساساتش بشوم و چند روز آینده را هم خراب کنم، صدایم را پایین بردم و با آهنگی یک‌نواخت و بَم گفتم:

"این، پشتش زیادی بازه. من دوس دارم که اینو واسه من بپوشی، نه همه‌وقت و همه‌جا."

همان‌طور که با موهای مرطوبش ور می‌رفت، سشوار را به برق زد:

"نه اینکه جون خودتِ سکسمون هم خیلی رو به‌راه و پرفکتِه!"

این را گفت و سشوار را روشن کرد.

هر وقت کارمان تمام می‌شود، همیشه بعد از عشقبازی؛ یک چیزی می‌گوید یا کاری می‌کند که بعدش من احساس تقصیر، خفّت و خواری، و یا احساس ذلت می‌کنم. یا هنوز می‌خواسته و من تمام کرده‌ام، یا نمی‌خواسته ولی به اصرار من به تخت آمده، و یاهزارتا کار داشته که من باعث شده‌ام تا نتواند انجامشان بدهد. اگر مزاحم خوابش هم بشوم که دیگر واویلا!

بدهکاری خیلی بد است. از هرنوعش که باشد. پدرم آهی می‌کشید، به دور دست نگاه می‌کرد و می‌گفت:

"بدهکاری پیرم کرد!"

من به موهای خاکستری پدرم که هنوز چهل سالش هم نشده بود نگاه می‌کردم. خاکستری ترکیبی است از رنگ‌های بسیار. قیافه‌اش به‌نظرم شبیه کاپیتان‌های کشتی‌هایی بود که توی رمان‌ها خوانده بودم. قیافه‌هایی که سختی و رنج، سنگی و سختشان کرده بود.

از پدرم هم باید بگویم. مرد عاقلی بود. تا برایش مسجل شد که رژیم شاه ماندنی نیست، رفت و از اداره استعفا داد. گفت:

"تا همه‌چیز کُن فَیکون نشده".

کاش من هم مثل او زمانِ "پس کشیدن" را تشخیص می‌دادم. وقتِ بریدن از یک مرحله را.

گفت هنوز بیست و هشت مرداد را به یاد دارد. گفت که نزدیک سی سال طبق قانون و قاعده‌هایی رفتار و کار کرده که هیچ معلوم نیست پس از آن چه برسرشان خواهد آمد. گفت آن‌ها که یک رژیم دوهزار و پانصد ساله را برمی‌اندازند، برای حفظ ظاهر هم که شده، رسم‌ها و قانون‌هایش را عوض می‌کنند. و گفت که او دیگر به‌دنبال آرامش است و دوست ندارد بی‌کراوات سر کار برود و دوست ندارد شورایی متشکل از یک مشت بی‌سوادِ ریشوی شپشو -این حرف خودش بود- بیایند و به او با آن همه سابقه‌ی کاری‌اش دستور بدهند. گفت کمتر می‌خورد ولی منّت نمی‌کشد. از همان وقت هم دیگر از خانه درنیامد مگر برای به‌گور سپردن دوست و فامیلی، یا برای دکتر و درمانی. وقتی می‌پرسیدند حقوق بازنشستگی مگر کفاف زندگی‌اتان را می‌دهد؟ می‌گفت آدمی که نمی‌خواهد باج بدهد، ناچار است که قانع باشد.

من زیاده‌خواهم؟

یک زن زیبا، یک خانه‌ی جادار، زنی شاغل با حقوقی خوب، اتوموبیل مدل بالا، و پس‌اندازی که دیگر نزدیک است به اندازه‌ی پیش قسط یک خانه بشود.

همه‌ی این‌ها را دارم، اما آرامش ندارم؛ چنان آرامشی که بتوانم با فنجانی قهوه در مبلی لم بدهم و فقط به طعم قهوه فکر کنم.

کتی تا حالا چند بار از قول و قرار همکارش بِتینا با شوهرش حرف زده است. بتینا می‌داند که شوهرش گاهی هرز می‌پرد. در مقابل هر وقت هم که بتینا ارضاء نشود می‌رود به یک بار، آنجا مست می‌کند و با یکی کارش را می‌کند و برمی‌گردد.

هر وقت این را می‌شنوم یک جریان سرد، مثل آبِ یخ از مهره‌های پشتم می‌گذرد. یک...، دو...، تا حالا سه بار این را گفته است. دفعه‌ی آخر از تخت زدم بیرون و گفتم:

"جاکش که شاخ و دُم نداره!"

چه‌طوری از این‌جا سر درآوردم؟ داشتم از شب عید می‌گفتم. اول بهزاد آمد. رفت دست انداخت گردن کتایون و مثل همیشه همدیگر را بوسیدند. مثل همیشه به کتایون گفت: *"به‌به! چه خوشگل شده‌ای"*. و مثل همیشه گفت: *"هم خودت و هم آشپزخونه‌ات چه عطر و بوییْ راه انداخته‌اید."*

اما نگاهش به پشتِ باز و هوس‌انگیز کتی مثل همیشه نبود. یا شاید هم بود!

به خودم گفتم این منم که بد می‌بینم. گفتم از دست کتی عصبانی‌ام، برای این است.

شراب خوردن کتی هم آن شب مثل همیشه نبود. تا حالا ندیده بودم آن‌قدر بخورد که دیگر سر پا بند نشود. بهزاد هم مستِ مست بود. بعد از شام آهنگ‌های بابا کرم و لُس آنجلسی گذاشتند و رقصیدند. من گفتم می‌خواهم میز را جمع کنم و قهوه درست کنم. من که نمی‌توانستم با این پای لنگم برقصم. می‌توانستم؟

تا جایی که یادم هست، او همیشه دوست داشته که برقصد.

من اصلاً یادم نیست؛ هیچ‌چیز از آن یکی خانواده که آن شب مهمانمان بودند یادم نیست! گفتم عیب ندارد، هردوتا مستند. رفتم آشپزخانه. دوتا از لیوان‌های کریستال بیست و چهار عیّار کتی از دستم افتادند و خُرد شدند. همه دویدند آمدند آشپزخانه. کتی مثل همیشه نگفت "دست و پا چلفتی"! به بهزاد نگاه کرد و گفت فدای سرمون و مستانه خندید. سارا گفت بابا تو برو بشین من بقیه‌شون رو می‌شورم. یک نگاه عاقل اندر سفیهی هم به مادرش کرد و گفت:

"مامان دیگه اجازه نداری بیشتر بخوری!"

این جمله را مستقیم از دانمارکی ترجمه کرد، اگر نه، باید می‌گفت:

"مامان دیگه بهتره بیشتر از این نخوری."

وقتی دعوا می‌کنیم کتی می‌گوید:

"چی کم داری؟ ها؟ خونه‌ای که صاحب‌خونه‌اش پاشنه‌ی درتو از جا نمی‌کنه، امنیّت، دوتا بچّه‌ی سالم، ماشین، دوتّا حقوق، یه زنی که هم کار بیرونو می‌کنه و هم کار خونه، اگه نگیم زیبا، زشت هم که نیس. اینا رو از کی داری؟ ها؟ از من!"

یا می‌گوید:

"من به خاطر تو خونواده‌مو ول کردم و راهی غربت شدم. به‌خاطر تو بود که تک و تنها، با یه بچّه، تو اون بمبارونا، دربه‌دری‌ها، صف کوپن، و از همه بدتر بلاتکلیفی، اون‌همه زجر کشیدم و تحمّل کردم. هرکی می‌خواست در باره‌ات چیز بدی بگه یا برام دل بسوزونه مث شیر می‌رفتم تو حلقش و نمی‌ذاشتم ادامه بده. به‌خاطر تو هی بی‌صدا اشک ریختم و نذاشتم کسی صدامو بشنفه."

من هم برای این‌که بار بدهکاری‌ام را سبک کنم می‌گویم من هم در مورد او و این زندگی کوتاهی نکرده‌ام، و می‌گویم من هم همان زمان سختی کشیده‌ام. او می‌گوید که ده‌ها خواستگار داشته که همان موقع که من یک

فراری آسمان‌جُل بوده‌ام، خانه و ماشین و نمی‌دانم چی و چی داشته‌اند. می‌گوید هنوز همه‌ی دوستاش توی ایرانند، پیش خانواده‌اشان و وضعشان بهتر از اوست.

بدهکاری بد دردی است.

می‌گویم تو هنوز به سبک ایران فکر می‌کنی. می‌گویم اینجا، وقتی می‌گویند خانواده، منظور زن و شوهر و بچه‌هاشان هستند، آن‌وقت تو هر وقت از خانواده‌ات حرف می‌زنی منظورت خانواده‌اتان توی ایران است. می‌گویم:

"چشماتو واز کن! خونواده‌ات اینجاست! خونواده‌ات منم، من و سایه و سارا!"

و او می‌گوید از وقتی که از ایران آمده دیگر غیر از مادرش به کسی فکر نمی‌کند.

به او گفتم که از رادیو شنیدم یک پروفسور جامعه‌شناس می‌گفت خانواده یک مفهوم قراردادی است که در جامعه‌های گوناگون و در طول تاریخ، تعریفش همیشه یکسان نبوده است. می‌گویم چرا راه دور برویم؟ همین دوست‌پسر سایه را ببین، به همه‌ی ایل و طایفه‌اش می‌گوید "خانواده‌ی من". می‌گویم اگر اروپایی بود که این‌جوری فکر نمی‌کرد. گفتم آن پروفسور گفت که سومالیایی‌ها به همه‌ی افراد طایفه‌اشان می‌گویند "خانواده‌ی من". او عقیده داشت که امروزه دوتا مرد یا زنِ هم‌جنس‌گرا هم که با هم زندگی می‌کنند، می‌شوند "یک خانواده". تازه گفت که یک مرد و یک سگ، و یا یک آدم و یک گربه هم می‌توانند یک خانواده باشند.

حق با کی است؟

آدم منصف و عادل موجود بدبختی است. توی گفت و گو زود به جبهه‌ی طرف مقابل می‌افتد و دهانش بسته می‌شود. وقتی او آن‌جوری از سختی‌هایی می‌گوید که به‌خاطر من کشیده، من دیگر لال می‌شوم.

یک شب جلوی تلویزیون نشسته بودیم. پیرمرد و پیرزنی را نشان می‌داد که رفته بودند پیش یک فاحشه. پیرزن می‌گفت عاشق شوهرش است. می‌گفت مدت‌هاست که تمایل جنسی‌اش را از دست داده -مثل این‌که بعد از یک مریضی این‌جوری شده بود- اما چون می‌خواهد با شوهرش زندگی کند و او را دوست دارد و از شادی‌اش شاد می‌شود، رفته این فاحشه را برای او پیدا کرده و هرچند یک‌بار با هم می‌روند پیشش و او از دیدن لذتِ همبستری شوهرش لذت می‌برد.

من نمی‌دانم این را چون جلوی تلویزیون بود می‌گفت، یا آن‌قدر عادل و منصف بود که به‌راستی به آن باور داشت. شاید یک شکل جدید خانواده هم این باشد. تقسیم همبستری! این روزها که منی و تخمک را هم فریز می‌کنند و می‌شود آن‌ها را خرید. قراردادها که از آسمان نمی‌آیند. آدم‌ها بنا به شرایط‌شان آن‌ها را می‌سازند و اجرا می‌کنند. حالا این نمی‌تواند آن یکی را ارضاء کند، زحمتش را می‌اندازد گردن یکی دیگر. بهزاد.

بهزاد؟

اما راستی‌راستی خاک بر سرت! این فکرها چیست که به مغز علیلت هجوم می‌آورند؟ مگر چیزی دیده‌ای؟

یواش یواش دارم از دمکراسی هم متنفر می‌شوم. آن شب دخترکم سارا داشت از زنان همجنس‌باز با چه شور و حرارتی دفاع می‌کرد. کتایون می‌گوید دیگر نباید گفت همجنس‌باز. می‌گوید توهین‌آمیز است. می‌گوید باید بگویی همجنس‌گرا.

سارا رفته بود مراسم سالانه‌ی آن‌ها در مرکز کپنهاگ. بد و بی‌راه می‌گفت به تُرک و عرب و پاکستانی‌هایی که توی خیابان نوروبرو به پاراد آن‌ها سنگ و آشغال پرت کرده بودند. همان مراسمی که همجنس‌بازها و طرفدارانشان با رقص و آواز و لباس‌های عجیب و غریبشان توی شهر نمایش

می‌دهند. سارا می‌گوید هیجده سالش که بشود می‌خواهد با سوسنه هم‌اتاق بشود.

فکر بد نکن! فکر بد نکن مرد!

انگاری دارم مالیخولیا می‌گیرم.

بهزاد می‌گوید من کنسرواتیوم و تحمل تازه‌ها را ندارم. می‌گوید نمی‌دانم کي گفته، آن‌هایی که به ارزش‌های قدیمیِ جامعه وفادار می‌مانند، یا قربانی می‌شوند یا بازنده، و در بهترین حالت، در نظر دیگران ابله یا ساده‌لوح جلوه می‌کنند.

اما من فقط به دنبال آرامشم. همین.

مثل پدرم؟

راستش دیگر قاتی کرده‌ام. دیگر نه می‌دانم "بد" کدام است و نه "خوب". درست و غلط را هم دیگر از هم تشخیص نمی‌دهم. شاید برای همین است که می‌گویند ضد و نقیض حرف می‌زنم.

عجب طنزی دارد این روزگار! آن موقع که جوان بودم و آرامش در خانواده و شهر و دیارمان بود، دنبال ماجرا رفتم، و حالا که هر روزه هزاران ماجرا دور و برم اتفاق می‌افتد، می‌خواهم تا توان دارم از آن‌ها فرار کنم و به دنبال آرامش بروم. نتیجه این‌که من بُدو آرامش بُدو.

افسوس که نمی‌توانم به ایران بروم. راست گفته‌اند که قانون هرچه بد باشد باز هم از بی‌قانونی بهتر است. در ایران هر آدمی که پشت میزی نشسته خودش قانون تعیین می‌کند. این را همه می‌دانند. برای همین چه با علت و چه بی علت می‌توانند مرا بگیرند و چون کشور قانونمند نیست و قانون‌های نوشته‌شده اعتبار زیادی ندارند، پس من زیر حمایت قانونی نخواهم بود. کتی با پاسپورت و قانونی از ایران خارج شد، اما من که غیرقانونی خارج شده‌ام باید بازجویی پس بدهم. شنیده‌ام در باره خیلی از کسانی که زمانی با هم کار سیاسی می‌کردیم خواهند پرسید. خیلی از آن‌ها هنوز در ایران زندگی می‌کنند.

من که نمی‌دانم آن‌ها در بازجویی‌هاشان چه گفته‌اند؛ پس چه‌جور می‌توانم بفهمم چه باید بگویم که برای آنان خطری ایجاد نکنم؟ اگر مرا بگیرند، تا بیایم ثابت کنم که سال‌هاست جزو هیچ اپوزیسیونی نیستم، ممکن است سال‌ها در زندان بمانم و کارم را در دانمارک هم از دست بدهم.

داشتم چه می‌گفتم؟

گفتم که! آن شب کتی خیلی مشروب خورد. قاتی هم خورد. ویسکی، شراب و بعد آبجو. یک لحظه دیدم که لب‌هاش را ورچید و چشم‌هاش را به‌شدت بست که جلوی اشکش را بگیرد. رفتم آشپزخانه تا سر خودم را با ظرف‌شستن گرم کنم. آن‌یکی مهمان‌ها رفته بودند. ظرف‌ها را که شستم، برگشتم توی اتاق. بچه‌ها داشتند کانال ام تی وی تماشا می‌کردند. اما بهزاد و کتی نبودند. دیدم درِ اتاق‌خواب نیمه‌باز است. رفتم تو. دیدم کتی لبه‌ی تخت نشسته و گریه می‌کند و بهزاد دارد شانه‌هاش را می‌مالد. بهزاد که سرش را برگرداند حالتش خیلی عادی بود. رو به من گفت:

"بیا لباساشو درآر تا بخوابه. هیچی مثِ خواب واسه‌اش خوب نیس."

من خیلی دوست داشتم که خودم شانه‌هاش را بمالم. دوست داشتم بغلش کنم. سرش را بگذارم روی شانه‌ام و صدای نفس‌هاش را بشنوم. تا خودِ صبح بغلش کنم. مثل همان سال‌ها.

با اخم، و در حالی که قلبم با شدّت تاپ تاپ می‌کرد، به بهزاد گفتم که بهتر است برود. گفتم خودم بهتر می‌دانم چه‌کار کنم. از اتاق بیرون آمدیم و بی آن‌که پشت سرم را نگاه کنم در را بستم. بهزاد که رفت، از خانه زدم بیرون. داشتم خفه می‌شدم. هوای تازه می‌خواستم. نمی‌دانم کِی برگشتم. دیگر هوا داشت روشن می‌شد. اما با تصمیم برگشتم. من هیچ وقت نه پول، نه یادداشت‌ها و نه رفت و آمد یا تلفن‌های او را کنترل نکرده بودم. اما تصمیم گرفتم این‌بار این کار را بکنم. آن‌هم در اولین فرصت. در اولین فرصت.

۱۲

این هم اولین فرصتی که دنبالش بودم! کتی رفته کنفرانس. یک کنفرانس دو روزه در آن یکی جزیره. در اُدنسِه. امشب نمی‌آید. می‌توانم تمام جِک و بُک‌اش را بریزم بیرون. باید یادداشت‌هایش را نگاه کنم. ای-میلش را هم باید چک کنم. پارسال سر کار بودم که از من خواست ای-میلش را چک کنم تا ببیند از برادرش خبری شده یا نه. منتظر تقسیم ارث بود. همان وقتی بود که کامپیوترمان سوخته بود. آن را کجا گذاشتم؟ چون زیاد به حافظه‌ام اعتماد نداشتم یک جایی یادداشتش کردم. گفتم شاید باز هم لازم شود. باید توی تقویم پارسالم باشد. حرف‌ها را با الفبای فارسی و لاتین و با رمز، جوری نوشته‌ام که کسی سر از آن درنیاورد. باید بروم زیرزمین. اما حالا که می‌خواهم بروم زیرزمین، بگذار لباسم را بپوشم و یک گشتی هم بیرون بزنم. شاید پشیمان بشوم.

چه‌قدر این یکی دو ساله ماشین زیاد شده. تلویزیون می‌گفت در دو سال گذشته صدهزار ماشین به ترافیک دانمارک اضافه شده. همه هم یک نفر بیشتر تویشان نیست. یک نفر توی یک ماشین. با جای خالی برای سه یا چهار نفر دیگر. هرکس می‌خواهد خودش به تنهایی در ماشین خودش بنشیند. سیستم این‌جوری می‌خواهد. سیستم یک چیزی مثل خداست. همه‌جا هست، اما نه دیدنی است نه لمس‌کردنی. توی این سیستم هرکس باید به تنهایی فکر و عمل کند. اما برای ازدواج دو نفر لازم است. قرار بر این بوده که من و کتایون با هم مسئولیت این زندگی را به عهده بگیریم و باقی عمرمان را با همکاری و وفاداری زیر یک سقف بگذرانیم.

برای زندگی مشترک دیگر چی لازم است؟

اعتماد!

یک بار یک جایی یادداشت کردم که برای زندگی مشترک چه چیزهایی لازم و اصلی است. بگذار ببینم یادم می‌آید؟

اول احساس مسئولیت بود. با وفاداری می‌شد دوتا. سومی داشتن رابطه‌ی جنسی، و چهارمی همکاری و همفکری. پنجمی احساس آرامش، آسایش و امنیّت در کنار یکدیگر بود، و ششمین اصل، اعتماد.

یک دوستی داریم که در یک شهر کوچک در شمال سوئد زندگی می‌کند. او هیچ‌وقت درِ خانه‌اش را قفل نمی‌کند. چند بار که پیشش رفته‌ام، تا در را قفل نکرده‌ام نتوانسته‌ام بخوابم. ناراحت می‌شود. برای همین تا حواسش نبوده زودی رفته‌ام و در را قفل کرده‌ام. می‌گوید اگر در را ببندد احساس ناامنی می‌کند. می‌گوید اگر قرار باشد که به همسایه‌ها و محیط زندگی‌اش بی‌اعتماد باشد که نمی‌تواند توی این برف و جنگل، بین این وایکینگ‌ها زندگی کند! می‌گوید در را که می‌بندد احساس می‌کند که خودش را از آن محیط جدا می‌کند و دیگر جزیی از آن محیط نیست. آن‌وقت معناش این است که باید خودش را از گزند آن محیط محافظت کند.

چه‌طوری آدم به همسرش اعتماد می‌کند؟

استادی داشتیم که می‌گفت همیشه این ساده‌ترین پرسش‌ها هستند که دشوارترین پاسخ‌ها را می‌طلبند.

مثل این پرسش که چه‌طوری من می‌توانم به کتی اعتماد کنم؟

ببین! همیشه که این‌جوری نبوده. تا این اواخر که من همیشه به کتی اعتماد داشتم! اصلاً من یک کسی را می‌خواستم که بتوانم به او اعتماد کنم که رفتم ازدواج کردم. می‌خواستم یک کسی کنارم باشد که بتوانم همه‌چیزم را با او قسمت کنم. خیلی وقت‌ها خواب می‌دیدم که درمانده و پاک‌باخته به خانه می‌آیم و بعد سرم را روی شانه‌ی زنی می‌گذارم که آرامش و میلِ زندگی را به

تنم برمی‌گرداند! مادر و خواهرانم که شهرستان بودند. به تن زنی محتاج بودم. به آغوشی که با اعتماد کامل خودم را در آن فرو ببرم. مدت‌ها بود که به‌خاطر رعایتِ مخفی‌کاری تا می‌خواستم با کسی صمیمی شوم، ارتباطم را می‌بریدم.

من به او می‌گفتم "همه‌کَسَم". می‌دانی یعنی چه؟ می‌دانی چند بار توی گوشش زمزمه کرده‌ام: همه‌کَسَم؟

هوای این‌جا هم که حساب و کتاب ندارد. بعضی وقت‌ها مثل امروز می‌توانی چهار فصل سال را در یک روز ببینی. وقتی آمدم بیرون، هوا خوب بود، اما حالا با این بادی که می‌آید دارم یخ می‌زنم. بروم خانه. بروم ببینم این زن چه چیزی را از من پنهان می‌کند.

از وقتی که سایه رفت، این خانه چه‌قدر سوت و کور شده! خالی! او شلوغ بود و با همه‌چیز کار داشت. وجودش تمام خانه را رنگین و پر می‌کرد. این سارا یک تیپ دیگر است. مدام یا این هِدفون روی کله‌اش هست، و یا این گوشی تلفن دم گوشش. خیلی وقت‌ها هم همان‌جوری که موزیک گوش می‌دهد، بدنش را با آن آهنگی که ما نمی‌شنویم تکان می‌دهد.

- *"کجا می‌ری دخترم؟"*

- *"می‌رم سینما بابا!"*

- *"با کی؟ کِی میای؟"*

- *"با سوسنه دیگه، فیلمش هم ده و نیم تموم می‌شه. خداحافظ بابا جون!"*

صورتم را ماچ کرد و از خانه زد بیرون.

باز هم این سوسنه!

وقتی سایه قدِ این بود دوست‌پسر داشت. این همه‌اش با این سوسنه است. می‌گوید امسال می‌خواهد با سوسنه بروند هلند. تمام پول سفرش را هم خودش می‌دهد. یک سال بیشتر است که توی این بوتیک کار می‌کند. درست موقعی می‌خواهد برود که همجنس‌گراها برنامه دارند. کتایون می‌گوید تو اُمّلی.

می‌گوید هدف از سکس لذت است و بس، و من می‌گویم به شخصیّت آدم هم ربط دارد. او می‌گوید اگر فکرمان را محدود به تعریف‌های جاریِ جامعه از رابطه‌های جنسی "درست و غلط" نکنیم، رابطه جنسیِ خوب و درست آن است که شخص را راضی و خوشحال کند. و من به این فکر می‌کنم که مگر ما می‌توانیم خارج از جامعه و تعریف‌های جاریِ آن زندگی کنیم؟

اول بروم لای دفتر و دستک‌هاش را بگردم. این‌جا است! توی کمدِ لباسش. یادداشت‌هایش را اینجا می‌گذارد. اما چرا دستم می‌لرزد؟ نه! بهتر است برش گردانم سر جای اولش. نه! این کار از من برنمی‌آید. اگر اعتمادم بریزد- خودم می‌دانم- دیگر نمی‌توانم جمعش کنم.

می‌گویند ویسکی آرام‌بخش است. اما پریشب آن هم تمام شد. ببینم! خیلی وقت است سراغ تلخی نرفته‌ام. این مهندس همیشه چیزی دارد. مهندس! دوست دارد به او بگویند مهندس.

راستش اگر من هم اسمم عبداله بود عوضش می‌کردم. در دانمارک که کسی عبدِ الله نمی‌شود! این‌جا همه عبدِ سیستم و قانون هستند. یک روز سایه پرسید بابا، عبداله یعنی چه که این مسلمان‌ها این‌همه عبداله دارند؟ داشتیم غذا می‌خوردیم. میرزا قاسمی. این دوتا دختر هنوز هم که هنوزه به اسم این غذا خنده‌اشان می‌گیرد. لقمه‌ام را قورت دادم و گفتم عبداله یعنی نوکر خدا. او و سارا نگاهی به همدیگر کردند و زدند زیر خنده. حالا نخند و کی بخند. سایه از جاش بلند شد. دست از دلش گرفته بود و غش و ریسه می‌رفت. موهای بلندش این ور و آن تاب می‌خورد و بریده بریده می‌گفت نوکرِ... خدا...نوکرِ...خدا!

از آن موقع هر وقت می‌خواهند همدیگر را اذیت کنند، به هم می‌گویند عبداله.

این بیچاره، مهندس ماشین‌آلات صنعتی است. از مهندسی فقط یک صفحه کاغذ مارک‌دار نصیبش شده! می‌گوید درآمد تاکسی خوب است و

دیگر به آن عادت کرده، وانگهی، این‌جا دو سه سال که از گرفتن مدرکت بگذرد و سر کار نروی، دیگر تحصیلت کهنه می‌شود و روز ازنو روزی از نو.

فردا که شنبه است و تعطیل. پس به مهندس زنگ بزنم که اگر می‌تواند قُلقُلی و گاز پیک‌نیک‌اش را بیاورد تا دودی بگیریم. اما اول ببینم نبات مبات داریم یا نه. باید آن بالا باشد. کتایون نبات و بیدمِشک و زعفران و این‌جور چیزها را توی این قفسه‌ی بالایی آشپزخانه، توی این قوطیِ فلزی بیسکویت می‌گذارد. اینجا، پشتِ این حبوبات.

از این چیزهایی که از ایران می‌فرستند، بچه‌ها فقط لواشک‌هاش را دوست دارند. آن‌ها را از دست هم می‌قاپند و دعواشان می‌شود، اما بقیه را دست نمی‌زنند. مارتین لواشک دوست ندارد. این‌هم نبات. اما این بسته چیست؟ این زیر چی هست؟

بیست هزار کرون! بیست هزار کرون؟ او که می‌دانست برای تعمیر ماشینم پول کم دارم، اما نداد! بیست‌تا هزار کرونی!؟

۱۳

بعد از ظهر شنبه، خسته و کوفته از کنفرانس برگشتم. جمعه‌شب سارا
برایم اس ام اس فرستاده بود که: مامان جون! مادرِ سوسنه با "رِنِه" رفته
ساماهوس، و من پیش سوسنه می‌خوابم.

رنه می‌شود سومین ناپدریِ سوسنه. یک خانه‌ی تابستانی در کنار دریا
دارد که آخر هفته‌ها را می‌روند آنجا. آرزو می‌کردم که بهرام هم خانه نباشد تا
بتوانم یک چرت بخوابم. شب پیش، پس از برنامه‌ی خشکِ کنفرانس و هشت
ساعت نشستن و به سخنران‌ها گوش دادن، جشنی ترتیب داده بودند و
موسیقی زنده هم بود. من هم تا دیر وقت مشروب خورده و رقصیده بودم.
برای آنکه همکارها نگویند عقب‌مانده‌ایم، به‌خصوص ما زن‌های شرقی
مجبوریم پابه‌پایشان به سلامتی بنوشیم و خیلی وقت‌ها الکی به جوک‌های
بی‌مزه‌اشان بخندیم. کلید را که انداختم و در را باز کردم، دیدم راهرو آشفته
است. به اتاق‌خواب که رفتم، یک لحظه فکر کردم دزد آمده. همه‌ی لباس‌هام
روی تخت و کف اتاق پخش و پلا بود. دل و روده‌ی کشوهام بیرون ریخته
بود. دویدم طرف آشپزخانه. دیدم قوطی بیسکویت دست‌خورده، اما پول‌ها
سر جاشان بود. آن‌ها را شمردم. درست بودند. دیگر خواب از سر جدّ و آبادم
هم پریده بود. لباس‌های روی تخت را کنار زدم. نشستم همان‌جا سیر دلم
گریه کردم. آرزو می‌کردم کاش مادرم اینجا بود و سرم را روی شانه‌اش
می‌گذاشتم! بعضی وقت‌ها که بغلش می‌کردم، بوی عرق تنِ گرمش را
می‌شنیدم. از بس که از صبح تا شب تقلا می‌کرد. وای که چه‌قدر دلم برای آن
بو تنگ شده! مگر من می‌خواستم با این پول چه کنم؟ غیر از این است که

می‌خواستم آن را برای او بفرستم که سرطان ریه گرفته و حالا در بیمارستان است؟ کاش این را به بهرام گفته بودم! حرف جدا کردن پول را هم که به میان آوردم، برای این بود که نکند یک وقت فکر کند دارد به او اجحاف می‌شود. می‌خواستم با وجدان راحت از حق خودمْ بزنم و برای کس و کارم چیزی بفرستم. اما چرا ننشستم این را صمیمانه به او بگویم؟ بهرام که خودش گفت: *"ببین که اگه به پول احتیاج دارن براشون تهیه کنیم."*

آخر رابطه‌امان دیگر امکان گفتگو را از بین برده. خیلی وقت‌ها تنها توسط یک نفر سوم می‌توانیم با هم حرف بزنیم؛ با واسطه‌ی یک مهمان، یا با واسطه‌ی سایه و سارا. سایه باز شرم و حیایی دارد، اما سارا مگر مستقیم توی روی هر دوتامان نگفت که دیگر حاضر نیست پیام‌رسان ما باشد و به او هیچ ربطی ندارد که ما نمی‌توانیم با هم حرف بزنیم. گفت سایه هم رویش نمی‌شود این را مستقیم بگوید و برای همین دوست ندارد زیاد این‌جا بیاید.

نمی‌دانم چرا مدت‌هاست که جمله‌ی *"می‌خوام روی پای خودم بایستم"* مرکز ثقل افکارم شده؟ باخود و بی‌خود به ذهنم می‌آید. یک‌جور افتخار و لذت با خودش دارد. بهرام می‌گوید وقتی من از زن‌ها حرف می‌زنم، انگار نه از جنسی برابر، که دارم از جنسی برتر صحبت می‌کنم.

اما چه‌طور بود که پیش‌ترها هر مشکلی پیش می‌آمد مشکل هردوی ما بود؟

من با این حرف بهرام مخالف نیستم که می‌گوید: *"یک خانواده یعنی یک کشتیْ وسط دریای زندگیْ که هر سرنشینی نمیتونه واسه خودش به هر جهتی که دلش خواست بره."* اما انگار هر کدام از ما این را یک جور می‌فهمیم.

نمی‌دانم از کِی این‌جوری شد. اما یک کشش سرد و سمج، مثل فلزّ در وجود من پیدا شده که باعث می‌شود وقت و بی‌وقت دندان‌هام را روی هم فشار بدهم و با کفِ دست محکم روی ران خودم بکوبم، و بگویم:

"کتایون! روی پای خودت وایسا. هیچ کس قابل اعتماد نیست!"

بعضی وقت‌ها چنان سفت می‌زنم که رانم کبود می‌شود.

به دخترها هم گفته‌ام که باید روی پای خودشان بایستند. هر دفعه هم تأکید می‌کنم که نباید وابسته به کسی باشند. سارا می‌گوید دچار پارانویا شده‌ام. می‌گوید همه‌ی ایرانی‌های اروپا کم و بیش این مریضی را دارند.

روزی که به ایران رفتیم، توی هواپیما زیاد وقت داشتیم. وسط دوتاشان نشسته بودم. به آن‌ها گفتم:

"*بچه‌ها! تو ایران که بودیم، هیچ من و تویی در کار من و باباتون نبود. خوشی و غم مال هردوتامون بود. چیزی به اسم مشکل من و مشکل اون، یا پولِ من و پول اون تو ذهنمون وجود نداشت؛ تا این‌که زد و بابات فراری شد و از کشور رفت. بیچاره اونم تقصیری نداشت! قرار بود که دو روزِ بعد توی استانبول باشه و هفته‌ی بعدش هم توی اروپا، و خلاصه یه ماه نشده، من و سایه هم بریم پیشش. اما نشون به اون نشون که کارش گیر کرد و نزدیک به یه سال موند توی ترکیه. سایه اون وقتا خیلی ریزه میزه بود و با مزه. یه حرفایی می‌زد به این گندگی! وقتی آژیر قرمز رو می‌کشیدن، من درِ گوشاشو می‌گرفتم و باهاش حرف می‌زدم. می‌گفتم این یه بازیه. می‌گفتم تو به لبای من نگاه کن و هرچی رو که می‌گم تکرار کن؛ گوشاتم نباید بشنفن. هیچ نمی‌دونم که اگه کمکای بابا مامانم نبود چه‌کار می‌کردم. یه زن جوون و تنها توی یه شهر درندشت! آخه هزارتا چش دنبالشه و هزارتا حرف پشت سرش! شماها تو یه کشور آزاد، توی دمکرات‌ترین کشور جهان بزرگ شدین و نمیتونین اینا رو بفهمین! همین دایی‌تون که یه روز هم می‌برمتون پیشش، همین دایی که از پشت تلفن این‌همه مهربونه و قربون صدقه‌تون میره، اگه بدونین چه‌قده سرکوفت به من می‌زد که چرا زنِ اون دوستِ احمقش نشدم که خونه و ویلا و نمی‌دونم چی و چی داشت! برا این بود که می‌خواست هر شب بیاد اون‌جا که من بشم کلفتشون و بساط دود و دم براشون راه بندازم. حالا دیگه بزرگ شده‌اید و می‌تونم اینارو براتون بگم.*

برای این‌هاست که می‌گم باید رو پای خودتون وایسین. باباتون که رفت، من نه تخصصی داشتم و نه درآمدی. اسبابِ خونه رو هم به کمتر از نصفِ قیمت، یه‌جا فروختم که هی آدمای جور و واجور نیان تو خونه‌ام. من به بابات همه‌جور اعتماد داشتم، اما که چی؟ وقتی توی یه شهر چند میلیونی تنها رها شده بودم و اون تو یه کشور دیگه بود، "اعتماد" به چه دردم می‌خورد؟ اینه که دوتا چیز ازتون می‌خوام. اول اینکه هرجوری شده یه تخصصی بگیرین، دوم اینکه همیشه یه پس‌اندازی برا روز مبادا‌تون داشته باشین. می‌دونم الآن می‌گین «مامان اینجا دانمارکه! اینجا یه تورِ اطمینان هست که اگه آدم سقوط کنه، باز جامعه کمکش می‌کنه» اما بازم درستش اینه که آدم تکیه‌اش روی پاهای خودش باشه."

کلید که توی قفلِ در چرخید، دوباره خودم را توی همان اتاقی دیدم که همه‌چیزش به‌هم ریخته بود. سارا بود. زود از اتاق زدم بیرون و درش را قفل کردم. پرسیدم:

"تا حالا کجا بودی؟ از بابات خبر داری؟"

گفت:

"پیش سوسنه بودم. از بابام هم خبر ندارم"

این را گفت و به اتاقش رفت.

دلم برای بهرام به شور افتاد. به بهزاد زنگ زدم. آنجا نبود. گفتم که بهرام جای پول‌ها را پیدا کرده. به مهندس و چندتای دیگر هم زنگ زدم. هیچ‌جا نبود. دیگر خیلی داشتم دلواپس می‌شدم. آیا به پلیس زنگ بزنم یا صبر کنم؟ اما تا کی؟

در همین فکرها بودم که وارد شد. با موهای ژولیده و قیافه‌ی بی‌خانمان‌هایی که گوشه‌ی خیابان می‌خوابند. سر تا پا کثیف. بی هیچ سلامی یک‌سر رفت حمام. صدای شیر آب آمد. چند برابر بیشتر از همیشه زیر دوش

۹۰

ماند. از حمام که درآمد، بی هیچ حرفی، اول لباس‌هایی را که با آن‌ها بیرون رفته بود جمع کرد و توی سطل آشغال انداخت. بعد به سراغ لباس‌های تمیزش رفت.

از همان وقتی که آمد، تمام‌مدت دست‌هام را روی سینه چفت کرده بودم و منتظر جواب، نگاهش می‌کردم. اما او بی‌آنکه به من نگاه کند به حمام رفت، و تازه آن‌وقت بود که دست‌هام را شل کردم و هوایی را که توی سینه‌ام جمع شده بود با یک پُفِ پر صدا دادم بیرون. انگار باری از دوشم برداشته شد. اما پرسشم به قوت خودش باقی بود. من هرگز بهرام را با چنین شکل و شمایلی ندیده بودم.

پشتِ میزی که توی آشپزخانه بود نشستم. داشتم سیگار می‌کشیدم که آمد. درِ سطل زباله را باز کرد و لباس‌های کثیفش را توی آن انداخت.

گفتم:

- *"نمردیم و دیدیم که آقا یه چیزی رو انداخت دور!"*

سرش را برگرداند و گفت:

"گاهی وقتا آدم باید دل بکَّنِه! گاهی هم باید یه قسمتو به‌کلّی انداخت دور!"

در حالی که سعی می‌کردم خونسرد باشم، گفتم:

"دیشب کجا بودی که هرجا هم زنگ زدم ازت بی‌خبر بودن؟"

با یک صدای خش‌دار، مثل وقتی که آدم تازه از خواب بیدار می‌شود گفت:

"همون‌جور که تو می‌خوای برای خودت راز و رمزهایی داشته باشی، باید بذاری من هم داشته باشم."

این را گفت و پنیر و زیتون و یک دانه گوجه فرنگی از یخچال درآورد.

سیگارم را توی زیرسیگاری له کردم و گفتم:

"اما من هیچ چیزِ پنهونی ندارم. اگه منظورت اون پولاس، که براش جواب دارم."

وقتی گفت *"تو واسه چیْ که جواب نداری؟"* با عصبانیّت گفتم:

"اصلاً چرا سین جیمم می‌کنی؟ دَس توی جیبِ تو که نکرده‌ام؟ مال خودمه، هرکاری هم که بخوام باهاش می‌کنم."

توی چشمام زُل زد و گفت:

"اصلاً می‌تونی بگی چه لزومی داره که ما با هم زندگی کنیم؟ پول خودت، ارث پدر خودت، کار و بار خودت، مهمونای خودت، سکس به روش خودت- اگه نه به‌ات نمی‌چسبه؛ بازم بگم؟"

پا شدم تا زیرسیگاری را در کیسه‌ی زباله خالی کنم که از دستم افتاد. همان‌طور که تند و تند مشغول جمع کردن ته‌سیگارها و تمیز کردن زمین بودم، گفتم:

"کاش من‌هم مثل زنای دیگه بودم! کاش این‌همه ساده و رو راس نبودم. به‌جای این‌که من عصبانی باشم و بپرسم که چرا چیزامو این‌جوری به‌هم ریختی، این تویی که دو قورت و نیمت باقیه."

یکی از سیگارهای مرا برداشت. رفت روی صندلی نشست. چشم‌ها را ریز کرد و با صدای آرام و نرمی گفت:

"یادته برای خریدن ماشین لنگ پنج هزار کرون بودم گفتی نداری؟ پس اینا چیه؟ از کجا اومده؟ ها؟"

رفتم رو به‌رویش نشستم. به چشم‌هاش نگاه کردم و گفتم:

"راس گفتم که نداشتم! اینو که می‌بینی پول اضافه‌کاری و حقِ تعطیلات، و اون فوق‌العاده‌ی مأموریّتِ آلمانه. بقیه‌اش رو هم از پولی که برا جشن هیجده سالگیِ سارا گذاشته بودم کنار ورداشته‌ام که بعد می‌ذارم سر جاش. اینو هم می‌خوام واسه مادرم بفرستم. می‌دونی تا الآن چه‌قده خرجش شده؟"

من از آن زن‌هایی نیستم که اشکشان دم مشکشان است و بی‌خود و باخود گریه می‌کنند. از جایم بلند شدم و با چرخشی سریع، تا اشک‌هایم را نبیند، به سمت دستشویی رفتم.

داشتم چشم‌های قرمز شده‌ام را پاک می‌کردم که آمد و دستش را گذاشت روی شانه‌ام. با دست دیگرش سرم را به طرف خودش برگرداند و با قیافه‌ای نزار و دردمند، و صدایی غریب گفت:

"چرا رابطه‌ی ما این‌جوری شده؟ می‌دونی توی دنیا چند میلیون آدم آرزو می‌کنن کاش شرایط ما رو داشتن؟ اون وقت ما این‌جوری!"

گفتم:

"اینا رو به خودت بگو. اگه تو روح بدبینی و بی اعتمادی‌رو از خودت دور کنی همه‌چی قشنگ می‌شه."

گفت:

"می‌دونی که من در مقابل اشک زن‌ها چه‌قدر ضعیفم، اشک‌های تو که دیگه هیچ! حالا اجازه بده ببوسمت!"

مرا بوسید. دستم را گرفت و به اتاق خواب رفتیم.

من شروع کردم به تخت‌وتا کردن لباس‌ها. بهرام خُرد و ریز کشوها را سر جایشان می‌گذاشت. طاقت نیاوردم و از او پرسیدم:

"راستی دنبال چی می‌گشتی؟"

گفت:

"هیچ‌چی و همه‌چی. برا یه مرد هیچ چی دردناک‌تر از این نیست که ببینه زنش چیزی ازش پنهون می‌کنه. فکر آدم جاهایی می‌ره که برا دشمناش هم آرزو نمی‌کنه."

برگشتم. توی چشم‌هاش نگاه کردم و گفتم:

"بهرام! من هیچ چیزی‌رو برای همیشه از تو پنهون نمی‌کنم. اینو بدون! اگه چیزی رو امروز به‌ات نگم، حتمی دو روز دیگه به‌ات می‌گم."

دست انداخت گردنم. شرمگین بود. آرام گونه‌ام را بوسید. بعد مرا سخت به سینه‌اش فشرد. لبش را که روی لبم گذاشت، داغ بود. حالا دیگر هر دو لب‌های هم را می‌بوسیدیم. روی تخت دراز کشیدیم و دیگر هیچ حرکتی در اختیار خودمان نبود. لباس‌های همدیگر را کندیم. با شتاب. زیرپیرهنش جرِ خورد. یادم نبود آخرین بار کی همبستر شده بودیم. عرق‌کرده بودیم. بدن‌هامان خیس بود و لیز. به‌هم که می‌پیچیدیم، از فشار تنش لذّت می‌بردم. نفس‌های تند، پیچ و تابِ بدن‌هامان که از خوشی می‌لرزیدیم، و انقباض و انبساطِ ماهیچه‌هامان را خوب به‌یاد دارم.

بعد از رسیدن به آن نقطه‌ی اوج، رفته رفته آرام و آرامتر شدیم و چسبیده به‌هم، در یک آرامشی که تا چشم کار می‌کرد فقط آرامش می‌دیدی، مثل یک پیکر جدانشدنی به‌خواب رفتیم. خوابی آرام. چه آرامشی!

نمی‌فهمم چرا این مرد قدر این آرامشی را که داریم نمی‌فهمد. به او می‌گویم برو پیش روان‌پزشک، ناراحت می‌شود. مگر غیر از این است آدم وقتی که بیمار است احساس ناآرامی می‌کند؟ اگر بیمار نبود که فکر نمی‌کرد این خانه‌ی همیشه تمیز و مرتّب ما مثل بیمارستان است! دانمارک را هم مثل یک بیمارستان می‌بیند! می‌گوید این‌جا برای مداوای بیماری انقلاب‌زدگی خوب است. می‌گوید آمدیم این‌جا مداوا شویم و برگردیم که دیگر نشد و ماندیم.

من تصمیم گرفتم تلاش کنم تا این رابطه‌ی لطیفی که ایجاد شد، ادامه پیدا کند. تصمیم گرفتم که سعی کنم او را بفهمم. برای صدمین بار. اما نمی‌دانم چرا خوشی‌ها این‌همه زودگذرند.

۱۴

بعد از آن شبِ به‌یاد ماندنی که ماجرای بیست هزار کرون را فهمیدم، روز دوشنبه از سر کار که می‌آمدم رفتم فروشگاه ایلوم که فروشگاه گرانی است. ما همیشه سراغ جنس‌های حراجی آن می‌رویم، اما این دفعه هیچ به حراجی‌هاش نگاه نکردم. یک‌سَر رفتم دنبال چیزی که می‌خواستم. یک بلوز یخه هفتِ قرمز آتشی.

آن‌موقع سایز سی و چهار می‌پوشید، حالا سی و شش. رفتم بخش زیرپوش‌های زنانه، و یک شورت و کرستِ صورتی مامان هم براش خریدم. دادم آن‌ها را کادوپیچ کردند و خوشحال و سبک رفتم خانه. کیسه‌ی ایلوم را که دید ابروهاش را بالا برد و گفت:

"وا...ی!"

با آرامشی که همیشه موقع کادو باز کردن از خودش نشان می‌دهد، به آهستگی شروع کرد به باز کردن. هرکدام را که باز می‌کرد یک ماچ هم از من می‌کرد. برق خوشحالی را توی چشم‌های درشت و جاندارش می‌دیدم. خیلی وقت بود که به چشم‌های قشنگش نگاه نکرده بودم، یا نگاه کرده و ندیده بودم. خوشبختانه شورت و کرست اندازه‌اش بود. بلوز را هم با یک دامن سیاه کوتاه پوشید و دوباره آمد ماچم کرد و تشکر کرد. بعد گفت:

– *"این هدیه‌ها خیلی می‌چسبه! اینا معنی داره! پیش از این، هدیه که می‌گرفتیم، انگاری جدّی نبود، چون آدم از پول خودش اونو نمی‌خرید. پول خونه بود. پول همه بود."*

گفتم:

- *"کتی، جونِ تو دیگه اسم پول رو نیار که حالم بد می‌شه!"*

رفت یک آهنگ شیش و هشتی گذاشت و شروع کرد برایم رقصیدن. آن اداهای با نمکی را هم درمی‌آورد که می‌دانست دوست دارم. آهنگ که تمام شد، آمد کنارم روی کاناپه نشست. داشتیم همدیگر را می‌بوسیدیم که در صدا کرد و سارا آمد تو. وقتی دید ما کنار هم نشسته‌ایم و دست‌های هم را گرفته‌ایم، هِدفون را از سرش برداشت. همه‌چیزش ظریف و مینیاتوری است. با شوق بچه‌گانه‌ای زانوهاش را خم کرد و دست‌هاش را به هم کوفت و گفت:

"وای چه رمانتیک!"

بعد دست راستش را مثل علامت ایست رو به‌رومان نگه داشت و گفت:

"جون سارا از جاتون تکون نخورید، می‌خوام عکس بگیرم!"

زود رفت و دوربینش را آورد:

"یه کم نزدیکتر! بچسب مامان! چرا این‌قده خشک و رسمی نشستی؟"

کتایون نزدیکتر آمد و رو به دوربین همدیگر را بغل کردیم. سارا دو سه‌تا عکس گرفت و گفت که همدیگر را ببوسیم. من صورت کتایون را بوسیدم. گفت نه! باید لب‌های همدیگر را ببوسید. با یک شادی و وجدی که سرزندگی و حرکت‌های شاد سارا باعث آن شده بود گفتم:

- *"دختر مگه می‌خوای عکس سکسی بگیری؟ اون موقع که از این عکس‌ها می‌گرفتیم مامانت سایز سی و چار می‌پوشید."*

قیافه‌ی کتی طوری شد که انگار بوی بد به دماغش خورده بود. سارا گفت:

- *"بابا خودتو لوس نکن! مگه در طول سال چند دفعه از این صحنه‌ها تو این خونه پیش میاد؟"*

کتایون رو به من کرد و طوری که نفهمیدم جدی است یا شوخی گفت:

"یکی طلبت آقا بهرام!"

سارا همان موقع عکس‌ها را روی کامپیوتر گذاشت و ما را برد که آن‌هارا ببینیم.

کتایون گفت:

"دختر تو اونقده شلوغ کردی که نذاشتی هدیه‌هامو نشونت بدم!"

سارا دوربینش را روی میز گذاشت و گفت:

"اِ اِ... راسسسس می‌گی مامان! این بلوزه چه‌قده بهات میاد. وای‌ی‌ی! ممه‌هاشو! بابا خودمونیم! اگه تو هم بخوای، خوب سلیقه‌ای داری ها! یه نمونه‌ی دیگه‌اش هم اینه که مامانمو انتخاب کردی!"

کتایون عشوه‌ای آمد و با حرکت‌های معنی دار چشم و ابرو گفت:

"من که بهات نمی‌گم دیگه چی برام خریده!"

نشست کنار کتایون، شانه‌هاش را گرفت و گفت:

"جون من بگو!"

بعد در حالی که کتی را قلقلک می‌داد و او غش و ریسه می‌رفت گفت:

"تا نگی ولت نمی‌کنم! یالّا بگو دیگه چی برات خریده!"

کتایون امان خواست و ضمن این‌که از گوشه‌ی چشم با عشوه به من نگاه می‌کرد، سرش را بیخ گوش او برد و چیزی گفت. سارا جیغ کشید و عین بچه‌گی‌هاش شروع کرد دست زدن و به هوا پریدن. بعد بلوز کتی را بالا زد و به‌به گویان آمد مرا ماچ کرد و گفت:

"ای بابای بدجنس! چرا واسه من از اینا نمی‌خری!"

او را روی زانویم نشاندم، موهای نرم و معطرش را از صورت ظریفش کنار زدم و ماچش کردم. هیچ یادم نمی‌آمد که آخر بار کی چنین بغلش کرده بودم.

سارا گفت که می‌خواهد به سایه زنگ بزند که با دوست‌پسرش برای شام بیایند پیش ما. گفتم:

"آره! زنگ بزن دور هم باشیم."

شادی و آرامش از صورت کتایون ناپدید شد و گفت:

"عزیزم سارا! دست کم اول بپرس! حالا من چی درست کنم؟ این پسر هم که بیاد، آخه نمیشه نون و پنیر و حاضری جلوش بذاری که!"

سارا گفت:

"مامان هیچ نگران نباش! من خودم تارتِ بروکولی درست می‌کنم. همون که بابا بهاش می‌گه کوکوی پیشرفته. می‌دونم مارتین هم دوست داره."

من هم برای آنکه کتی تا چند هفته بُق نکند و روزگارمان را سیاه کند، با همه‌ی خستگی گفتم:

- "کتی من هم کمک می‌کنم و یه سالاد خوشمزه درست می‌کنم! حالا که پا داده، بذار دور هم باشیم! سارا تو زنگ می‌زنی یا من؟"

سایه و مارتین سر چهارراهِ چه‌کنم مانده بودند که شام پیتزا سفارش بدهند یا بروند سر یخچال و غذای سرد بخورند. گفتند که همین حالا راه می‌افتند. کتایون هم گفت:

"پس من هم پاشم برم دستشویی و توالت رو بشورم. تو هم پیش از اون‌که سالا‌د درست کنی بهتره یه جارو بزنی."

سرم را بردم بیخ گوش سارا و گفتم:

- "بازم اسم مهمون اومد و اینجا شد حکومت نظامی."

- "داری از من می‌گی؟"

- "نه مامان! می‌گه وقتی اِسترِسی چه‌قده خوشگل می‌شی."

زدیم زیر خنده و رفتیم که مشغول کار شویم.

سایه با یک دسته گل آمد و مارتین با یک شراب. غذا کمی شور شده بود که به روی خودمان نیاوردیم. داشتم برای مارتین شراب می‌ریختم که تلویزیون اسم ایران را آورد. سرم را کمی برگرداندم که ببینم چه می‌گویند که کمی از شراب ریخت روی رومیزی. اتوماتیک به کتایون نگاه کردم. لب‌هاش را محکم به هم فشار داد و دوتا چین توی پیشانی‌اش افتاد و گفت:

۹۸

"عیب نداره! الآن درستش می‌کنم."

طوری که به خیال خودش دیگران نمی‌دیدند، موقع بلند شدن چشم‌غرّه‌ای به من رفت. به آشپزخانه رفت و از آن زیرمیرها یک شیشه آب گاز دار که برای چنین وقت‌هایی ذخیره کرده بود، آورد. کمی از آن را روی لکه‌ی شراب ریخت و نمک هم پاشید رویش و به دانمارکی گفت که گفت‌وگومان را ادامه بدهیم.

بعد از شام، سایه یک سی دی از منصور، این خواننده‌ی لُس آنجلسی از کیفش درآورد و از مارتین خواست که با او برقصد. گفت کلی زحمت کشیده تا رقص ایرانی یادش داده است. مارتین دست‌هاش را بالای بالا گرفته بود و به باسن خودش نگاه می‌کرد که ببیند چه‌طوری باید تکانش بدهد. همه غیر کتایون رفتیم وسط. رفتم دستش را گرفتم که بیاورمش وسط. گفت خسته است. ولی آوردمش وسط. اما به‌جای رقص خودش را تکان تکان می‌داد. با دیدن حرکاتش پاک از ذوق افتادم و رفتم نشستم.

سایه و مارتین، سارا را هم با خودشان بردند که ریاضی کمکش کنند. اسم اصلی‌اش مارتین نبود. دانمارکی‌ها نمی‌توانستند **MOMANYI** را درست تلفظ کنند. من هم نمی‌توانستم. چند دفعه گفتم "مامانی" اما دیدم سایه ناراحت می‌شود. یک حُسن دیگر مارتین شدن این است که دیگر از همان پشتِ تلفن نمی‌توانند بفهمند موهایت زرد و چشمانت آبی نیست. من داشتم ظرف‌ها را می‌شستم که کتایون آمد دم در آشپزخانه و شب به‌خیر گفت. گفتم من هم همین حالا می‌آیم.

ظرف‌ها را شستم و مسواکم را زدم و رفتم اتاق‌خواب. کتی زیر لحاف بود و پشتش به من. ادوکلن جورجیو ارمنی را که دوست داشت زدم. لباسم را درآوردم و رفتم تا کنارش دراز بکشم. گفت:

"شب به‌خیر! خیلی خسته‌ام!"

گفتم:

"یه کم ماساژت می‌دم تا سر حال بیای!"

گفت:

"نه! سرم درد می‌کنه، فردا هم روز سختی دارم، برو سر جای خودت."

دستم را زیر سرش سُراندم و با آن یکی دستم سینه‌اش را کمی فشار دادم و بنا گوشش را ماچ کردم و گفتم:

"عزیزم! کار همیشه هست، این لحظه‌ها همیشه نیست، بیا بغلم خوشگلم! امشب می‌خوام حالّ با تشدید بهات بدم!

دستم را پس زد و گفت:

"عزیزم گفتم که می‌خوام بخوابم، این‌قده هم سر به سرم نذار، چند دفعه بگم که من سه‌شنبه‌ها باید ساعت هفت صبح توی جلسه‌ی هفتگی باشم؟ چرا این‌قده بی توجّهی؟ حالا هم برو سر جات بگیر بخواب دیگه!"

این‌ها را که می‌گفت، مثل این‌که وُلوم رادیو را زیاد کنی، صدایش هِی بالاتر و بالاتر می‌رفت، تا جایی که جمله‌ی *"بگیر بخواب دیگه"* با فریاد از دهنش درآمد.

لباس‌هام را توی بغلم گرفتم و با عصبانیّت گفتم:

"چرا هیچ‌وقت نمیشه فهمید تو چه مرگته؟ ما که تا الآن با هم خوب بودیم، یه دفعه چه‌ت شد؟"

پشتش را به من کرد و گفت:

"میشه بذاری بخوابم؟ برو یه سایز سی و چار پیدا کن."

در اتاق خواب را محکم به هم زدم و به اتاق خودم رفتم. سیگاری آتش زدم. بی‌طاقت بودم. رفتم قدم زدم. باران ریزی می‌بارید. همین‌طوری راه می‌رفتم. یک‌باره ازخودم پرسیدم چرا این همه با عجله؟ فقط عصبانی بودم. چیزی توی فکرم نبود. فقط دوست داشتم به چیزی ضربه بزنم. دوست داشتم چیزی را بشکنم. با لگد زدم به یکی از این اتاقک‌های انتظار اتوبوس. پای لنگم درد گرفت. اما سه چهار بار دیگر هم زدم. دنبال دردِ بزرگتری می‌گشتم

که عصبانیتم را کم کند. آب از همه جایم می‌چکید. باد سردی هم می‌آمد. برگشتم خانه. جای دیگری نداشتم. لباس‌هایم را عوض کردم. می‌لرزیدم. سرما تا مغز استخوانم نفوذ کرده بود. یک آن گفتم که بروم و با فشار او را بِکُنَم، بِگام، به تمام معنی! وحشی، خشن، مردانه. اما دیدم آن‌قدر از او متنفرم که حتی حاضر نیستم نگاهش بکنم. من نمی‌توانم. من باید یک جوری خودم را نجات بدهم. تجاوز هم کار من نیست. از من برنمی‌آید. همین‌جا، توی این اتاق کوچک، یک تشک می‌اندازم و می‌خوابم. البته اگر بتوانم! این‌جوری نمی‌شود. باید یک کاری بکنم. دارم نابود می‌شوم. سردم است. از درون و بیرون. باید کاری بکنم!

۱۵

رفتم آلمان. گفتم حالا که باز به مرض چه‌کنم گرفتار شده‌ام، بگذار بروم پیش کامران. هرچه باشد دوست دورانِ خوش کودکی است و جامعه‌شناسی هم که خوانده و خیلی حرف‌ها داریم که باهم بزنیم. از این گذشته در فضای متفاوتِ زندگیِ مجرّدی سیر می‌کند که برای تغییر روحیه‌ی من خیلی خوب است.

تابستان بود و همین‌جور که حرف می‌زدیم، قهوه درست کردیم و املتی، و میز صبحانه را روی بالکنِ آفتابگیرش چیدیم. آخر هفته بود و ساعت یازده. در واقع داشتیم ناهار و صبحانه را یکی می‌کردیم. یک "گوتِن تاگ" به همسایه‌ی بالکن بغل‌دستی گفت. زن خوشگلی بود با موهای بور و قدی بلند. شلوارک پوشیده بود و مجله‌ای را که روی ران‌های بلند و برنزه شده‌ی خوش رنگش گذاشته بود، ورق می‌زد.

کامران یک لقمه از املت برداشت و گفت:

"این ریتا رو می‌بینی؟ حرکات، لحن، نوع جمله‌ها و اصطلاحاتی که به‌کار می‌بره، فرقی زیادی با پسرا نداره. پسر و دختر باهم به مهد کودک و دبستان می‌رن و باهم بزرگ می‌شن. برا همینه که توی این فرهنگ زن دیگه یه قربونی نیست."

لیوان‌ها را از آب پرتقال پر کردم و گفتم:

"بابا تو هم! قربونی کدومه؟ این زنا که دارن هر روز ما رو قربونی می‌کنن!"

کارد و چنگالش را گذاشت توی بشقاب، توی چشمانم نگاه کرد و گفت:

"بهرام دارم جدّی حرف می‌زنم. منظورم شعار و برانگیختنِ احساساتِ تو که نیست. منظورم "قربونی" واقعیه. اعتقادی که پیش از متمدن شدن هم داشته‌ایم. "قربونی" به معنی پیشکش کردن یه چیز ارزشمند به درگاه و بارگاه خدایان و شاهان. مگه قدیما زیباترین دخترا رو قربونی نمی‌کردن؟"

گفتم:

"دارم فکر می‌کنم که بین «قربانی» و «طلبکاری» باید یه رابطه‌ای باشه. یعنی اونی که قربونی می‌کنه، از اونی که براش قربونی شده طلبکار می‌شه."

لقمه‌های کامران گُنده بود. البته با چانه‌ی پهن و دندان‌های بزرگش تناسب داشت. صبر کردم تا لقمه‌اش را قورت داد. گفت:

"خُب معلومه جانم. همین حالا من می‌تونم حقوق یه ماهَمو برا این آلمانی خوشگل قربونی کنم، اما معلومه که در عوضش یه چیزی ازش می‌خوام! همین‌جوری مفتی مفتی که کسی قربونی نمی‌کنه."

گفتم:

"هیچ به این فکر کرده‌ای که چرا توی خیلی از فرهنگ‌ها «دختران باکره» قربونی می‌شدن؟ به نظرم واسه این بوده که در باکره‌گی یه‌جور معصومیت هست. یه‌جور تازگی. یه‌جور..."

کامران وسط حرفم دوید. بعد از آن هم یکی او می‌گفت و یک من. انگار داشتیم رَپ می‌خواندیم.

- *"همیشه تحویل گیرنده‌ی قربانی، یه مقام بالای کشوری، لشکری یا دینی بوده، یا یک فاتح."*

- *"و قوم‌های شکست خورده، تا صلح برقرار شود، یک دختر باکره به قوم پیروز به زنی می‌دادند."*

- "و هنوز که هنوز است، در جاهایی مثل ایران، خانواده‌ی عروس، در شب عروسی، مثل قوم شکست‌خورده اشک می‌ریزد."

- "و عروس با پیشکشِ بکارتش به داماد، معصومیّتش را در پیشگاهِ او قربانی می‌کند."

- "و داماد تا آخر عمرش بدهکار می‌شود."

لیوان‌های آب‌پرتقالمان را به سلامتی به‌هم زدیم و یک‌نفس تا آخر نوشیدیم.

بعد گفتم:

- "زنای ایرونی از همون بچّگی برای رفتن به خونه‌ی شوهر تربیت می‌شن. می‌گی نه؟ یه نظر بنداز به زندگی مادرا و خواهرای خودمون. از وقتی که به دنیا میان مثل یه امانت باهاشون رفتار می‌کنن. هیچ‌جا، به‌خصوص صورتشون نباید زخم برداره. باید همیشه حواسشون باشه که مردم در باره‌شون چی فکر می‌کنن. نباید بازی‌های خشن بکنن. یادمه می‌گفتن دختر نباید از درخت بالا بره چون ممکنه بیفته، و اون‌وقت بیا ثابت کن که هنوز دختره!"

کامران قاه قاه خندید. خنده‌های بلندش معروف بود. زن آلمانی با لبخند دستی تکان داد و رفت توی خانه‌اش. کامران آرام که شد یواش یواش قیافه‌اش تغییر کرد، آهی کشید و گفت:

"دختر همسایه‌مون پری یادته؟ یادته می‌گفتم دوستش دارم و وقتی بزرگ شدم باهاش ازدواج می‌کنم؟ وقتی از درخت افتاد تو نبودی. اون سیزده‌بدر، شما رفته بودید جنوب. ما داشتیم الک دولک می‌کردیم. با جیغ مادرش، بابام گرامافون را خاموش کرد. تاجیک داشت آهنگ لبِ کارون رو می‌خوند. دویدیم پای اون درختِ گردو که تاب به‌اش می‌بستیم. توی اون هیر و ویر که بچه بی‌هوش افتاده بود، مادره همه‌اش می‌گفت «وای خدا! حالا چه خاکی به سرم بریزم؟ نکنه دیگه دختر نباشه». شب تا از مامانم نپرسیدم خوابم

نبرد. پرسیدم مامان مگه میشه وقتی دختر از درخت میفته بشه پسر؟ جون تو راس می‌گم! مامانم کلی خندید و یه جورایی با رمز و اشاره چیزایی گفت که تنها اینو ازش فهمیدم که دختر تا به خونه‌ی شوهر نرفته خیلی باید مواظب خودش باشه."

گفتم:

"زنای ایران حالا دیگه مثل زنای اون موقع نیستن. اما زنای هم سن و سال خودمون، باورکن از همون روز اول واسه شوهر داری تربیت شده‌ن."

صبحانه را که خوردیم، گفت بیا تا ببرمت Reeperbahn. پرسیدم کجاست؟ گفت جنده‌خانه‌ی هامبورگ.

گفت این بندر بزرگ و بسیار مهم هامبورگ که می‌بینی همیشه میزبان دریانوردانی از سراسر جهان بوده که گاهی سال‌ها چشمشان به هیچ زنی نمی‌افتاده و تا به خشکی می‌رسیده‌اند غیر از فکر زن و مشروب، هیچ فکر دیگری نداشته‌اند و برای همین هامبورگ همیشه فاحشه‌خانه‌های بزرگی داشته و در همه‌ی دنیا مشهور بوده.

شب گرمی بود. خیابان لاله‌زار زمان شاه را چهار برابر پهن و دو برابر دراز کن تا بشود آن خیابان. پر از سینما و چراغ‌های نئون. پر از پلیس. پر از آدم‌های مست و معتاد، آدم‌های کراواتی، آدم‌هایی با تن‌های خال‌کوبی شده، زن و مردهای توریست از همه‌ی دنیا. از اروپاییِ زرّین‌مویِ چشم‌آبیِ تا پاکستانی و عربِ سیاه‌موی چشم‌سیاه و چینی و ژاپنیِ چشم‌بادامیِ کوچولو موچولو.

سر یکی از خیابان‌های فرعی، دخترهای هیجده تا بیست و چند ساله، به ردیف ایستاده بودند. با یک کمربندِ کیفی یا کیفِ کمری برای نگه‌داری پول و سیگار و فندکشان. قدم به قدم جلوی‌ات را می‌گرفتند و دلبری می‌کردند. یک کوچه‌ای هم بود که فقط مردها می‌توانستند وارد آن بشوند. مثل آن منطقه‌ی سرخ آمستردام. خانم‌های سفید و زرد و سیاه، بلند و کوتاه، چاق و

لاغر پشت ویترین‌ها ایستاده بودند. کالای مطلق! تا نزدیک ویترینشان می‌شدیم، سرشان را درمی‌آوردند و سلام می‌کردند و بفرما می‌زدند. از آنجا به خیابان اصلی رفتیم که پر از سکس‌شاپ بود. از هر دری که وارد می‌شدی به ساختمانی چند طبقه می‌رفتی که حجره حجره بود و دخترکان دم هر حجره از تو می‌پرسیدند چه‌جورش را می‌خواهی، از جلو، عقب، لیسیدن، با وسیله؟ و...

کامران مرتب می‌گفت انتخاب کن دیگر! هر جورش را که بخواهی هست. من نگاه می‌کردم و از آن هیکل‌ها و پوست‌های جوان و لُخت لذت می‌بردم، اما میل خوابیدن با هیچ‌کدامشان را نداشتم. با وجود آن‌همه عَرضه، هیچ تقاضا و تمایلی به همخوابگی در من بیدار نشد. تا چیزی گفته باشم، به او گفتم که در سن و سال من، دیگر آغوش برای آسودن و آرام گرفتن است.

کامران می‌گفت در اروپا که همه‌چیز تخصّصی و حرفه‌ای شده وقابل خرید و فروش، سکس را هم باید از حرفه‌ای‌ها خرید. می‌گفت این‌ها برای سرِحال آوردن تخصّص دارند. کارهایی با تو می‌کنند که خوابش را هم نمی‌بینی. یاد یکی از بچه‌های زن و بچه‌دار افتادم که می‌گفت سکس با مادرِ بچّه‌ها هیچ‌وقت به پای سکس با این‌ها نمی‌رسد. و من فکر می‌کردم که دیگر در این سن و سال، با خرید سکس خودم را تحقیر می‌کنم، و هم‌خوابگی تنها چند بار آمدن و رفتن، و پیچیدن و فشار آوردن به پیکری که هیچ از آن نمی‌دانم نیست. من از آبرو و این چیزها نمی‌ترسیدم. کامران دهانش قرص بود، اما یک سوراخ لیز دیگر مرا راضی نمی‌کند.

شاید همین‌جورهاست- این‌جور فکر کردن‌ها- که باعث می‌شود به آدم بگویند از زمانه عقب افتاده‌ای.

یک چیز دیگر هم بود. این را خیلی جاها با صدای بلند گفته بودم که اگر من با کَسِ دیگری بخوابم، معناش این است که به زنم هم اجازه می‌دهم تا با کس دیگری بخوابد. اما آن موقع به آن مرحله‌ای از عصبانیت رسیده بودم که

آرزو می‌کردم کتایون بیاید و بگوید که یکی را پیدا کرده و می‌خواهد برود و با او زندگی کند. آرزو می‌کردم یک جوری از شرّش راحت شوم. اما می‌خواستم رفتن از جانب او باشد. آن‌وقت با وجدان راحت می‌رفتم و در گور تنهایی خودم کپّه‌ی مرگم را می‌گذاشتم. پس به خاطر هیچ قراردادِ نوشته یا نانوشته‌ی اخلاقی یا ایدئولوژیکی نبود که نخواستم یا نتوانستم با یکی از آن پری‌پیکرهای حرفه‌ای به تخت بروم. تازه اگر هم می‌رفتم یک شب بود، شب‌های دیگر را باید چه می‌کردم؟

در قطار، تا به دانمارک برسم، فکرهای ضد و نقیض، از چپ و راست و پایین و بالا مغزم را با میدان جنگ عوضی گرفته بودند. با وجودِ این با خودم شرط کردم که این بار دیگر کار را تمام، ریشم را رها، و جانم را آزاد کنم.

۱۶

تقاضای طلاق هم شده دیجیتالی. همه‌چیز شده دیجیتالی. شب که از آلمان آمدم کتایون خواب بود و صبح پیش از آنکه بیدار شوم رفته بود سر کار. یک هفته در میان، شنبه‌ها می‌رود سر کار. جاهای دولتی از امسال دیگر نامه نمی‌دهند. همه‌ی نفوس دانمارک، بی استثناء یک صندوق پستِ دیجیتالی دارند. کامران خیلی اصرار کرد این آخر هفته را هم پیشش بمانم. اما آدم در شرایط من بی‌حوصله می‌شود. آمدم تا روز تعطیل، با حوصله این طومار قوانین و مقررات طلاق را بخوانم. این‌ها به نوشتن زرنگند. برای هرچیزی باید کلّیْ بخوانی.

پیش از طلاق، یک دوره‌ی شش ماهه‌ی آزمایشی هست تا زوج‌ها بتوانند طعم جدایی را بچشند که اگر تحملش را نداشتند به سر زندگی‌اشان برگردند. در غیر این صورت باید نهصد کرون وجه رایج مملکت را بپردازند و مِهرشان را به آن خانه و زندگی فراموش، و جانشان را آزاد سازند.

فُرم جدایی را پرینت کردم. امضای خودم را هم پایش گذاشتم تا به خودم ثابت کنم که در تصمیم راسخم. همه‌ی روز را هم تمرین کردم که آن‌را چه‌طور جلوی کتایون بگذارم. اما عصر، او با لبخندی به پهنای صورت وارد شد! بغلم کرد و بوسید، و ما دوباره با هم خوب شدیم!

فقط آن‌ها که مدت زیادی زن و شوهر بوده‌اند این چیزها را می‌فهمند. آدم نمی‌فهمد چه‌طور می‌شود! این مرا به‌یاد آن صحنه‌هایی از فیلم‌های وسترن می‌اندازد که می‌بینی دو نفر که مدت‌ها توی بیابان، شانه به شانه، ده‌ها مصیبت و حادثه را تجربه کرده‌اند، یک‌هویی به جان هم می‌افتند. همدیگر را

آن‌قدر می‌کوبند تا آنکه بی‌حال و نزار، نفس زنان و نیمه‌جان، هرکدام به گوشه‌ای می‌افتند، اما طولی نمی‌کشد که دوباره از روی ناچاری، شانه به شانه راه می‌افتند و شاید تا آخر فیلم، چندبار جانشان را برای همدیگر به خطر هم بیاندازد.

ما دوباره با هم خوب شدیم!

پیش از سفرم به آلمان چند هفته‌ای از هم بدمان می‌آمد. کارم که تمام می‌شد یک‌سر به خانه نمی‌رفتم. دیر به خانه می‌رفتم و سعی می‌کردم تا جایی که می‌شود ریختش را نبینم.

بعد از مدّتِ زیادی زندگی، شده‌ایم دوتا هم‌خانه که در هر صورت باید تا اطلاع ثانوی همدیگر را تحمل کنیم. انگار بودن او چندان ربطی هم به من ندارد. چند روزی چنین می گذرد تا آنکه یک روز به‌ناچار چند کلمه ردّ و بدل می کنیم:

- *"فردا باید بریم مدرسه‌ی سارا، جلسه‌ی خانه و مدرسه است."*

- *"وییبکهِ زنگ زد و گفت شنبه بیایید باهم یک قهوه بخوریم."*

- *"امروز می‌رم سمت ایستگاه مرکزی، همان‌جا از فروشگاه‌های افغانی نان و پنیر و گوجه و خیار هم می‌گیرم، تو دیگه نخر."*

همین‌جوری مثل سنگ‌های توی رودخانه این‌قدر به همدیگر می‌خوریم که همه‌ی تیزی‌هامان صاف می‌شود و یک روز می‌بینی که آن یکی می‌گوید سلام. با صدایی آرام که پیامی از شرمندگی دارد. بعد می‌بینی تو هم کمتر از او شرمنده نیستی! پس تو هم می‌گویی سلام. یک کمی بلندتر از او. می‌خواهی مطمئن باشی که شنیده است. روز یک‌شنبه همین‌طور شد و مراسم سلام در آشپزخانه به‌جا آورده شد. آن‌هم هنگامی که کتایون از حمام درآمد و غیر از یک روب‌دوشامبر چیزی تنش نبود. لخت و عور. لیز و تمیز. مرطوب و معطّر.

سارا خانه نبود و ما به عادتِ هر روزه زود از خواب بیدار شده بودیم. تازه ساعتِ هشت بود.

وقتی دیدم در جواب سلامم همان‌جا ایستاده و دارد به آرامی و با لطافتِ تمامْ گیسوانِ خیسش را خشک می‌کند، فهمیدم که باید چیزی بگویم، اما این غرور نرینه‌ای که در من هست، خیلی وقت‌ها نمی‌گذارد تا اعتراف کنم چیزی را کم دارم که تنها و تنها او می‌تواند به من بدهد، و نمی‌گذارد تا با صدای بلند به او بگویم که به او نیازمندم و دوستش دارم. برای همین با لحنی که گویا اعتراضی است می‌گویم:

"چه شامپویی زده‌ای؟"

و او با صدایی به نرمی مخمل، کِش‌دارتر از معمول می‌پرسد:

- *"خوب نیست؟ بوی خوبی نمی‌ده؟"*

- *"نه منظورم این نبود. منظورم اینه که بوش خیلی خوبه!"*

- *"آها... پالمولیو. شامپوی پالمولیوه با عطر یاسمن."*

به هوای برداشتن چیزی برمی‌گردم و زیرچشمی سر و سینه‌اش را دید می‌زنم. آرزو می‌کنم این گفت‌وگو ادامه پیدا کند. اما نمی‌دام چه بگویم! خوشبختانه او هم که تصمیم دارد آن روز را خجسته کند، چنین ادامه می‌دهد:

"تو برو یه دوش بگیر! تا تو دوش می‌گیری من هم صبحونه رو آماده می‌کنم."

از این‌جا به بعد دیگر مُخَم از کار می‌افتد. یا بهتر است بگویم که تمام فعالیت‌های آن دور و بر پیکری می‌گردد که آرزو دارم هرچه زودتر آن‌را در آغوش بکشم.

با سرعتی غیر معمول خودم را می‌شویم. فیششششش! ادوکلنی را که دوست دارد می‌زنم. در واقع از سر شوق با آن دوش می‌گیرم. این آلت رجولیّتم از همان بدو ورودم به حمّام همین‌جوری سیخ مانده و نخوابیده است. جوری می‌روم پشت میزِ صبحانه‌یِ حاضر و آماده که نکند این

برجستگی بی‌شرم، حاجتمندی‌ام را لو بدهد. کافی است یک حرف مثبت بزند. آن‌وقت همه‌چیز دوباره خوب می‌شود. و او آن جمله را می‌گوید. آرام. کمی سرش را به عقب می‌برد. هنوز تنها همان رب‌دشامبر را به تن دارد. همان رب‌دشامبری که برای کشیدنِ بندی که دو لبه‌اش را به هم آورده قلبم به شدت تاپ تاپ می‌کند. چشم‌ها را نیم‌بسته می‌کند. هوا را با دماغ قلمی زیبایش بو می‌کشد و می‌گوید:

"عجب بویی داره این ادوکلن!"

البته می‌توانست بگوید: عجب *خوش بویی!* اما راستش آن موقع همانش هم از سرم زیاد بود.

آن روز آینده‌ام، ادامه‌ی زندگی مشترک، و خوبی و بدی بخت و اقبالم تنها به همان بندْ بند بود. به همان بندِ رب‌دوشامبر. این هم یکی از آن هزاران بندی است که آدم را به زندگی زناشویی می‌بندد. این کلمه‌ی بنده هم به گمانم با بند بی ارتباط نباشد. بالاخره همین بندهاست که مرا بنده کرده است.

در این مدتی که به هم نزدیک نشده بودیم، چه نیروی عظیمی در بدنمان ذخیره شده بود! مثل اینکه بارِ سنگینی را می‌کشیدیم که خسته‌امان کرده بود. یاد حرف بهزاد افتادم که می‌گفت: خیلی هم بد نیست که گه‌گاهی به خواهش و غریزه‌های طبیعی تنمان گوش بدهیم.

از حرف‌های دیگرش این بود که:

"خوبه یادمون نره که ما هم یه‌جور حیوونیم و جزیی از طبیعت."

همان روز طلاق‌نامه‌ی امضاء شده را پاره کردم.

آن روز، وقتی بر آن تنی که آن‌همه وقت از من دور و گریزان شده بود دست پیدا کردم و بر آن پیروز شدم، سعی کردم بفهمم که چه اتفاقی در من می‌افتد. بعد از یک هم‌آغوشیِ موفّق که هردو راضی و خسته در کنار هم افتاده بودیم، دیدم که چند احساس را باهم دارم.

- احساسِ خوش پیروز شدن بر تنی که در پیچ و تاب‌های عجیبش تن به رام شدن نمی‌داد.

- احساسِ لذّت‌بخشِ "داشتن". احساسِ مالکیّتِ تنی که به من لذت می‌داد.

- احساسِ قدرتِ یک فاتح. فاتحِ توانایی که لذت می‌بخشید به تنی که در تقلا بود تا به اوجی برسد که خودش به تنهایی نمی‌توانست به آنجا برسد، و این تنها من بودم که می‌توانستم آن‌را به آن اوج برسانم.

- احساسِ آرامش. صدای نَفَس‌های خسته‌ی کتی مانندی نداشت! نفس نفس‌زنان، سپس از نفس افتاده، کنار هم افتاده بودیم. مثل دو کوهنورد خسته که تازه به بالای قلّه‌ای رسیده‌اند.

- احساسِ تنها نبودن و حسّ خوشایندی که اعتماد به وجود می‌آورد. این حسّ بی‌مانند که کسی چنان به من اعتماد کرده بود که نه تنها مرا به رختخوابش، که به درون خودش نیز راه داده بود.

- و آخرین احساسی که نمی‌خواهم ناگفته بگذارم، احساس آرام‌بخشِ داشتن یک پناهگاه مطمئن بود. احساسِ امنیّت و در خانه بودن، و اینکه جایی هست که می‌توانم از چنگِ همه‌ی چیزهای آزار دهنده‌ای که در زندگی هست و هر روز به من چنگ و دندان نشان می‌دهند، به آن‌جا پناه ببرم؛ پناهگاهی که در آن آغوشی هست که می‌توانم چنان در آن فرو بروم که جهانِ بیرون را یک‌سره فراموش کنم.

پس یک بار دیگر به خودم ثابت شد که از هیچ پیکر دیگری به اندازه‌ی این تنی که این همه سال با من بوده است، نمی‌توانم لذت ببرم. من این تن را می‌شناسم. آن را بزرگ کرده‌ام. شاهد دگرگونی‌هایش بوده‌ام. به همه‌جایش دست کشیده‌ام و همه جایش را با لذّت و احساسِ خوب بوسیده‌ام. از آن نگهداری کرده و برایش پرداخته‌ام. من بهترین سال‌های عُمر و جوانی‌ام را با این تن گذرانده‌ام. این تن دیگر نه تنها مالِ او، که "مالِ" من هم هست. بخشی

از وجودِ من، خاطراتِ تلخ و شیرین من است. خال کنار ابرویش، خالِ زنِ من، خالِ کتایون، خالِ هزاران بوسه‌ی من است. همان یادِ پَرپَر زدنِ پستان‌های بی‌تابش را در آن بلوز یخه هفت قرمز، من با چه چیزی در این دنیا می‌توانم عوض کنم؟

وقتی در یک قایق با کسی هستی که برخلاف جهت پارو می‌زند، بهتر این است که توی آن بمانی یا آنکه خودت را به دریا بیندازی؟ آن‌هم دریایی که ساحلش پیدا نیست؟ اما راه سوم چی؟ باید راه سومی هم باشد!

۱۷

به نظر من فهمیدنِ علتِ این احساس‌های زشت، زیبا و متضادِ بهرام و کتایون از طرفی آسان است و از طرفی بسیار پیچیده.

من به چنین جاهایی که می‌رسم، نمی‌توانم ساکت بنشینم. شاید برای این است که چنین موقعیت‌هایی را تجربه کرده‌ام و ریشه‌یابی آن برایم جالب است.

دوست دارم در این رابطه از یک تجربه‌ی شخصی بگویم. یک روز رفته بودم باغ وحش کپنهاگ. کنار قفس شیرها دستگاه کوچکی بود که می‌توانستی دماغت را توی آن بکنی و با فشار دکمه‌ای بوی چُس شیرها را بشنوی. من این کار را کردم. عجب بوی قوی و بدی! تا ساعت‌ها این بو توی دماغم بود! هنوز هم که یادم می‌آید می‌خواهم بالا بیاورم!

در این موقع یک گروهِ خارجی، همراهِ یک راهنما آنجا رسیدند. راهنما برایشان توضیح داد که هر جانوری برای حدّگذاری محل زندگی و اعلامِ مالکیِتش کاری می‌کند! سگ‌ها گُله به گُله، یک پا را بلند می‌کنند و یک ذرّه می‌شاشند و شیرها می‌چُسند.

راستی اگر شیرها هم می‌خواستند مثل سگ‌ها با شاشیدن مکانشان را حدّگذاری کنند، چند لیتر شاش برای تعیین محدوده‌ای به آن بزرگی لازم داشتند؟ پس با رها کردن یک بوی بسیار قوی، خیلی سریع، منطقه‌ای به آن بزرگی را مرزبندی می‌کنند. همه‌ی این‌ها هم برای این است که نشان بدهند در آن‌جا قدرت دست کیست.

با این حساب، تعیین قلمرو یک عمل غریزی و در نتیجه طبیعی است و می‌شود انتظار انجامش را از انسان هم که یک‌جور حیوان است، داشته باشیم.

اما از آن‌جا که مغز ما بسیار پیشرفته است و رفتاری بسیار پیچیده داریم، و برای هر امری قانون و برخوردهای پیچیده‌ای را به کار می‌بریم، نمی‌شود هرکس هرکاری کرد فوری چرایش را بفهمیم. آخر انسان متمدّنی که یاد گرفته تا در یک شهر بزرگ، در میان هزاران انسانی که هرگز شانس شناختشان را نخواهد یافت زندگی کند، مگر می‌تواند به راحتی یک سگ بشاشد یا به راحتی یک شیر، هر وقت که میلش کشید، بادی از ماتحتش رها کند؟

به گمانم کتایون بر اثر غریزه‌ی حیوانی و طبیعی مادری، در چهاردیواری خانه حقّ بیشتری برای خودش قائل است. او می‌گوید وقتی که ساعت‌ها با علاقه و عشق می‌ایستد و تک تک قاب‌ها و خرده ریزهای دکوری و شیشه‌ها، و حتا برگِ گل‌ها را گردگیری و پاک می‌کند، بهرام کجاست؟ وقتی که سر سارا حامله بود و ساعت‌ها توی خانه با اشیاء مونس بود و آن‌ها را به او که توی شکمش بود نشان می‌داد، بهرام کجا بود؟ مگر بهرام از کم و زیاد برنج و روغن و عدس و لوبیا خبر داشت؟ مگر اصلاً برای بهرام مهم است که روی زمین بنشیند یا روی مبل؟ مگر برایش مهم است که دیگران در باره‌ی خانه‌اش بد می‌گویند یا خوب؟ او عشقش این است که در باره‌ی "مسائل بزرگ جهانی" بحث کند و از ماجراهای بزرگ و خاطرات گذشته بگوید و به همه نشان بدهد که درخور جایگاهی بالاتر از این بوده و بدجوری حقش را خورده‌اند. موقع مهمانی تنها کاری که می‌کند این است که به خودش یادآوری کند حواسش باشد غذا کم نیاید و مشروب به اندازه‌ی کافی در خانه باشد. او مگر برایش مهم است که جلوی شیش نفر شیش‌تا بشقاب و شیش‌تا لیوان جور و واجور بگذارد؟

این‌ها را بارها از کتایون شنیده بودم.

بهرام هم برای خودش استدلال می‌کرد: مگر این خانه تنها مال کتایون است؟ مگر چه‌قدر سخت است که کتایون بفهمد او هم سهمی در این خانه دارد؟ مگر نه این‌که دیگر چند سال است که برخلاف میلش همه‌ی تصمیم‌گیری‌ها را در رابطه با دکوراسیون و اتاق‌ها و آشپزخانه و حمام سپرده به کتایون؟ این‌همه بسش نیست؟ حالا چرا نباید بگذارد که او دست‌کم در یکی از اتاق‌ها کاری را که دوست دارد بکند؟ و بعد به این نتیجه می‌رسید که همه‌ی زن‌های ایرانی که به غرب آمده‌اند عقده‌ای و بیمارند. می‌گفت این‌ها می‌خواهند تلافی قرن‌ها ستمی را که در تاریخ ایران، میلیون‌ها مرد بر زن‌ها روا داشته‌اند، یک‌جا، سر شوهر بدبختشان درآورند.

اما کتایون عقیده داشت مرد ایرانی را اگر جان به جانش کنی، همان شرقی املّی است که فکر می‌کند زنش نه یک انسان مستقل، بلکه موجودی است که در رابطه با مردش تعریف می‌شود و باید گوش به فرمان شوهرش باشد. عقیده‌اش این بود که مردهای ایرانی تا آن‌جا برابری را قبول دارند که اعطایی خودشان باشد، و برای این ادّعای برابری می‌کنند که بتوانند پُز بدهند.

اما من فکر می‌کنم در همه‌ی خانواده‌ها، از همان دوران غارنشینی، قضیه سر تعیین حدود است و نمایش قدرت. بسته به اینکه در کجا و در چه وضعیتی باشی، در بلندی یا گودی، روشنایی یا تاریکی، و نزدیک یا دور، سیر یا گرسنه، خسته یا سرحال، خلاصه بسته به مکان، و موقعیتِ جسم و روانت حرفی می‌زنی یا تصمیمی می‌گیری که همیشه هم منطقی نیست.

همان وقتی که کتایون کمی از ماجرای زیر را برایم تعریف کرد و دیدم خیلی جالب است، از او خواستم دوباره آن را از اول تعریف کند تا ضبطش کنم. بعد به فکرم رسید که باید آن‌را از دهنِ بهرام هم بشنوم که آن را هم خواهید خواند.

کتایون گفت:

"خیلی بامزه است. سال پیش، دوتا شنبه، پشت سر هم مهمون داشتیم. هفته‌ی اول همکار دانمارکیِ بهرام با زنش می‌اومد خونه‌مون، هفته بعدش هم دوتا از دوستای ایرانی‌مون با بچه‌هاشون. هفته‌ی اول گفتم من غذا درست می‌کنم. می‌خواستم به قول معروف پیش دانمارکیا آبروداری کنم. من به هیچ‌وجه دوست ندارم جلوی اونا کم بیاریم. اگه می‌ذاشتم به عهده‌ی بهرام، یه پیتزایی- چیزی درست می‌کرد و والسلام. شاید هم یه دیگ پلو می‌پخت با یه قابلمه گوشت و دِ بفرما. اما این برا من خیلی مهمّه که دیگرون چه قضاوتی در باره‌ی غذا خوردن ما ایرانیا می‌کنن. شنیده‌م که می‌گن ایرانیا پنج ساعت می‌رَن تو آشپزخونه جون می‌کنن، بعد میان پنج دقیقه‌ای می‌خورنِش و می‌رَن کنار. من می‌خواستم به اینا بگم که ما هم می‌تونیم چند ساعت پشت میز بشینیم و از خوردنِ غذا لذّت ببریم.

خلاصه من برای پیش‌غذا یه سوپ سبزیجات درست کردم. اونو با نونِ سیردار سِرو کردم که تعریفِ خودم نباشه، خیلی هم خوشمزه شده بود و خیلی هم خوششون اومد. به‌عکسِ ما ایرانی‌ها که هرچی درست کرده‌ایم، یک‌باره می‌آریم می‌ذاریم وسط سفره و تا سرد نشده تند و تند می‌بلعیم، اینا غذاها رو یکی یکی میارن. یه غذا که تموم شد، میرن یکی دیگه‌رو میارن. گرم و تازه. میز هم همچی پر نمیشه که ندونی چی به چیه.

من یه خوراک با بادمجون درست می‌کنم که تا حالا ندیده‌م کسی خوشش نیاد. اول بادمجون رو به شکلِ قاچای نازک می‌برم، سرخشون می‌کنم، بعد هر دوتا قاچ رو مثل یه صلیب رو هم می‌ذارم. یه مقدار گوشت چرخ کرده‌ی سرخ شده با سُس گوجه فرنگی روش می‌ریزم. بعد یه کمی پنیر پارماسون روش رنده می‌کنم. لبه‌های صلیب رو تا می‌کنم. چارگوش می‌شه. حالا یه تیکه گوجه‌فرنگی می‌ذارم روش با یه کوچولو ماست چکیده. آخرسر با یه دونه چوبِ باریکِ خلال دندون اونا رو فیکس می‌کنم. یه غذای شیک، باکلاس و خوش‌مزه‌ای می‌شه که نگو. حالا یه دفه برات درست می‌کنم. اینم

بگم که تو تمام مدتی که من داشتم غذا درست می‌کردم، بهرام هی می‌اومد و دخالت می‌کرد.

- «عزیزم چرا این‌قده خودتو عذاب می‌دی؟ همون زرشک پلو کافی بود دیگه.»

می‌رفت و می‌اومد و دوباره می‌گفت:

- «این همه غذا؟ مگه واسه یه اردو داری آشپزی می‌کنی؟»

از آشپزخونه بیرونش می‌کردم، اما نیم ساعت نشده برمی‌گشت و می‌گفت:

- «حالا اون‌قده خودتو خسته کن که پای میز شام خوابت ببره!»

اون اصلاً نمی‌فهمه که این برا من خیلی مهمّه که میز شام چه‌جوری باشه! بدت نیاد! انگاری شما مردا همه‌تون همین‌جوری هستین! توهین نباشه، انگار فقط می‌خواین شکمتون رو پر کنین و بعد لم بدین و حرفای- حالا دیگه نمی‌گم صدتا یه‌قاز- بزنین که به نظر خودتون خیلی هم مهمّه. از مهمونی همینو می‌فهمین!

من می‌خواستم مِنوی شیش پُرسی درست کنم. سوپ و بادمجون می‌شد دو پُرس، زرشک پلو با مرغ هم می‌شد پُرسِ سوم، پُرسِ چهارم مرغ سرخ کرده بود با سیب‌زمینی سرخ کرده کنارش. سینه‌ی دوتا مرغا رو گذاشتم برا پُرس پنجم که سالاد الویه بود. پُرسِ شیشم دِسِر بود. به بهرام گفتم دِسِر با تو. گفتم یه کیک بپز. دیدم هی اومد تو آشپزخونه به غُر زدن:

- «جا نیست جُم بخوری.»

- "این همه غذا رو کی می‌خوره."

- «حالا تا یه هفته هی باید پس‌مونده بخوریم.»

- «آخه مگه مهمونا فقط برا خوردن میان و ...»

از آشپزخونه فرستادمش بیرون و گفتم دیگه هم نیا تو مگه صدات بزنم. دیدم بستنی داریم، گفتم دسرْ بستنی به‌شون می‌دَم و منّت آقا بهرام رو هم نمی‌کشم.

حالا سر میز شام، هر وقت که مهمونا به‌به و چه‌چه می‌کردند، بهرام یه چیزی می‌پروند. همینه که می‌گم مرد ایرونی برابریِ با زن‌ها رو تا اون‌جا قبول داره که صاحب‌امتیازِش خودِش باشه!

می‌دونی چی می‌پروند؟

- «این پیشنهاد خودش بود که شام امشب رو درست کنه.»

- «هرچی به‌اش گفتم اگه این‌همه غذا درست کنی خسته می‌شی، گفت عیبی نداره.»

یا انگار که داره شوخی می‌کنه می‌گفت:

«من به‌اش گفتم همه‌ی هنرهاتو امشب رو نکن.»

دوس داشتم خفّه‌اش کنم! یعنی اینکه او با همه‌ی اینا مخالف بوده، ولی با وجودِ این لطف کرده و این آزادی رو به من داده که برم تو آشپزخونه و پدر خودم رو درآرم. اگه همون جوری که من ازش می‌خواستم توی آشپزخونه کار می‌کرد، مگه مرض داشتم که هفت هشت ساعت سر پا وایسم و جون بکّنم!

سر همین، هفته‌ی بعد که مهمون ایرانی داشتیم، گفتم این تو و این هم آشپزخونه، جارو و گردگیری و شستن توالت و حمام با من.

این هم برابری بود دیگه، مگه نه! اما او صداش در اومد که:

«تو که می‌دونی من نمی‌تونم غذاهای ایرانی رو به خوبی تو درست کنم!»

یا می‌گفت:

«چرا اون هفته‌رو نذاشتی من غذا درست کنم؟»

یا اینکه:

«نمی‌شه جلوی اینا پیتزا گذاشت که!»

یا:

«پس دستِ‌کم بگو چی درست کنم!»

اگه بگی صدا از سنگ در اومد، از منَم در اومد! گفتم بکِش تا چشات چارتا بشه.

این برا خودم هم آزمایش سختی بود. برا اولین بار گفتم بذار هر کاری می‌خواد بکنه! گور بابای هر کی که می‌خواد چیزی بگه! تا کِی آبروداری؟ کي قدر می‌دونه؟

مثِ این آدمای گیج و گول، تا ظهر همین‌جوری هی از آشپزخونه در می‌اومد و می‌رفت تو. با خودش حرف می‌زد. چند دفعه هِی گوشی تلفن رو برداشت اما زنگ نزده گذاشتش سرجاش. همین‌جوری که گردگیری می‌کردم یه چشمم هم به او بود. بدجنس نیستم، اما تو دلم قند آب می‌شد. خدایی‌اش نگران هم بودم که نکنه یه‌وخت آبرومون رو جلوی مهمونا ببره. اما گفتم به جهنّم. بذار برا یه دفه هم که شده تنبیه بشه. آخرش رفت کتاب آشپزی رزا منتظمی رو آورد. اونم با اون دستوراش! لقمه رو شیش دفه دور سرش می‌چرخونه بعد میذاره تو دهنش.

آقایی که شما باشین! سر ظهر رفت بیرون و ساعت از دوگذشته بود که با یه شقّ گوسفند برگشت. حالا ما گفته بودیم که مهمونا ساعت شیش برا شام بیان. وقتی هم من می‌گم ساعت شیش، یعنی ساعت شیش دیگه میزم چیده شده و فقط مونده غذاها رو بکشم توی دیس! اما حالا ساعت از دوگذشته و آقا نه برنجی خیسونده و نه هنوز گوشتش آماده است. من هم با این‌که قول و قرارهامو با خودم گذاشته‌ام که خون‌سرد باشم، همین‌جوری هی دارم کیلو کیلو حرص می‌خورم. دیگه انگار به رگ غیرتش هم برخورده بود و چیزی از من نمی‌پرسید.

چه‌جوری برات بگم! آقا بهرام، بیشتر از یه ساعت با این گوشت ور رفت تا تیکه تیکه‌اش کرد. بعد یه چکش ورداشت برد تو آشپزخونه. یواشکی رفتم

ببینم می‌خواد چه‌کار کنه! دیدم با چکّش افتاد به جون این قلمِ گوسفند. تیکه‌های گوشت و خون و چربی می‌پاشید به در و دیوار. زودی یه ساطور از اون زیر درآوردم دادم دستش و گفتم باید همه‌ی در و دیوار آشپزخونه رو تمیز کنه.

خیلی دوس داری بدونی آخرش چی شد؟

اول این‌که شام ساعت هشت آماده شد و نه شیش. *تازه باز هم خودم به دادش رسیدم. همین‌جوری این گوشتا رو انداخته بود تو قابلمه، قابلمه‌رو هم تا اون لبه‌اش پر آب کرده بود. خوب شد دیدم و زود نصفش رو خالی کردم! خیر سرش خواسته بود مثل من که با یه مرغْ، سه‌جور غذا درست می‌کنم، اونم با این رون گوسفند، هم یه آبگوشت درست کنه و هم یه باقالی پُلو. اما برنجش شده بود شُلّه. من برا همچین وقتایی همیشه پلوی آماده توی فِریزرم دارم. اونو درآوردم و فرزی مقداری باقالی هم پختم و درستش کردم.*

چی بگم! اون شب بهرام اون‌قده کم‌حرف شده بود که نگو.

۱۸

بهرام همین داستان را چنین برایم نوشت و فرستاد:

"چند روزی رابطه‌امان خوب بود، تا آن‌روز!

شنبه بود و دوتا خانواده را دعوت کرده بودیم. نمی‌دانم چی شد که کتایون یک‌مرتبه گفت آن روز را من باید غذا درست کنم. هرچی گفتم بقیه‌ی کارها را من می‌کنم و تو غذا درست کن، به‌خرجش نرفت که نرفت! این‌ها هم مهمان‌هایی بودند که هروقت می‌رفتیم خانه‌اشان چندجور غذا جلوی‌امان می‌گذاشتند و از آن‌هایی بودند که حواسشان به کوچک‌ترین تغییر و تحوّل توی خانه‌ات بود. به‌خصوص سهیلا زن احمد! همین‌جوری که نشسته بود و با تو حرف می‌زد، انگشتش را می‌کشید به پایه‌ی میز تا ببیند خانمِ خانه یادش رفته آن‌را گردگیری کند یا نه تا برود و از شلختگی‌اش بگوید. اگر بعد از یک‌سال می‌آمد خانه‌ات، باز یادش بود که فلان گلدان جابه‌جا شده یا نه. غذاهایی را که در یک مهمانی- آن‌هم بیست سال پیش خورده بود، هنوز یادش بود. حتّا یادش بود که ظرفش چه‌جوری بود و چه‌کسانی آن‌جا بودند و چه پوشیده بودند.

چه‌کار می‌توانستم بکنم؟ کتایون لج کرده بود، آن‌هم سرِ بزنگاه.

من هم که اخلاق مزخرفش را می‌شناختم، با خودم گفتم: *باشه! نشونت می‌دم!* و رفتم آشپزخانه که ببینم چه‌کار می‌توانم بکنم.

فکر کردم اگر کتایون می‌تواند با بار گذاشتن دوتا مرغ چندجور غذا درست کند، چرا من نتوانم؟ تازه! سه‌تا کتاب آشپزی هم داریم.

فریزر را نگاه کردم، دیدم غیر از مقداری سینه‌ی مرغ و سبزیجات و ماهی و چند بسته گوشت چرخ کرده چیزدیگری تویش نیست. گوشی تلفن را برداشتم که به‌هوای یادآوری مهمانی امشب -چون از سه هفته پیش سهیلا و شوهرش را دعوت کرده بودیم- زنگی بزنم و به این بهانه که چی دوست داری امشب بخوری، از سهیلا دستور تهیه‌ای بگیرم. اما تا گوشی را برداشتم یادم آمد که الآن با آن فانتزیِ شرلوک هولمزی که دارد، یک داستان‌هایی از رابطه‌ی من و کتایون می‌سازد و دور خانه‌ها می‌برد که بیا و ببین!

دوباره گوشی را برداشتم که با سایه مشورت کنم. اما دیدم الآن ناراحتش می‌کنم. فوری می‌فهمید که باز هم رابطه‌امان خراب شده. پس گوشی را گذاشتم.

گفتم به بهزاد زنگ بزنم. اما زود پشیمان شدم. او هم می‌افتاد به نصیحت کردن. تازه فوقش می‌گفت دوتا مرغ بگذار توی فِر و یک قابلمه برنج هم درست کن.

گوشی را گذاشتم و رفتم سراغ کتاب‌های آشپزی. به فکرم رسید که باقالی پلو درست کنم. گوشت را می‌پختم، شوید و باقالی هم که داشتیم.

لباس پوشیدم و رفتم مرکز شهر و از قصابی عرب‌ها یک ران درسته‌ی گوسفند خریدم. از این بهتر نمی‌شد. باقالی پلو را که همه دوست داشتند و اگر چندتا سیب‌زمینی و کمی نخود هم با گوشتش می‌پختم، یک آبگوشت هم به‌اشان می‌دادم.

تا به خانه رسیدم، قابلمه‌ی بزرگی را پر از آب کردم و گذاشتم روی اجاق و رفتم سراغ گوشت. دیدم این ران گوسفند، همین‌جوری درسته که توی قابلمه جا نمی‌شود و باید خُورد شود. گوشت‌ها را از استخوان‌ها جدا و تکه‌تکه کردم و انداختم توی قابلمه‌ی پر از آب. بعد دیدم حالا با این استخوان چه‌کار کنم؟ توی دلم صدتا فحش به کتایون و مهمان‌ها دادم. با کارد که

نمی‌شد از پسش برآمد! رفتم چکّش را آوردم. کتایون آمد دم آشپزخانه و با جیغ گفت:

"داری چه‌کار می‌کنی؟ ببین تموم دیوارا رو چرب و چیلی و خونی کردی! چرا ندادی همون‌جا برات خوردش کنن؟"

بعد یک ساطور از آن زیرمیرها درآورد و داد دستم. من خودم چند سال پیش آن‌را خریده بودم، اما دیگر فراموشش کرده بودم. بعد نگاهی به قابلمه انداخت، غُری زد و نصف آبش را خالی کرد. یک دستمال داد دستم و گفت:

"زودباش تا خشک نشده این لکه‌ها رو پاک کن! در ضمن من دارم می‌رم آرایشگاه."

همان‌طور که ساطور را بالا برده بودم که به استخوان بزنم، برگشتم تا غضبناک نگاهش کنم، اما فقط پشتش را دیدم.

استخوان را چند تکه کردم و انداختم توی قابلمه و درش را گذاشتم. به ساعت نگاه کردم. دیدم از دو گذشته. رفتم لباسم را که پرِ لک شده بود عوض کنم. داشتم شلوارم را می‌پوشیدم که صدایی از آشپزخانه آمد. دویدم و دیدم قابلمه سر رفته. درش را برداشتم. خواستم از آبش کم کنم که ترسیدم خوب نپزد. درش را نیمه‌باز گذاشتم و حرارتِ زیرش را کم کردم.

ما برای چهار نفر دو پیمانه برنج درست می‌کنیم. پس حساب کردم که برای ده نفر باید پنج پیمانه درست کنم. با وجودِ این، شیش‌تا برداشتم که نکند یک‌وقت کم بیاید. آبِ برنج را گذاشتم و رفتم یک دوش بگیرم. از بس با عجله هی دور خودم چرخیده بودم، بوی عرقم داشت حالِ خودم را به‌هم می‌زد.

دوش گرفتم و آمدم در قابلمه‌ی گوشت را برداشتم. دیدم شبیه آن‌چیزی نیست که کتایون درست می‌کند! یادم آمد برگ‌بو استفاده می‌کرد. می‌گفت بوی زُهم مرغ و گوشت را می‌گیرد. چندتا برگ‌بو انداختم توش. اما بازهم شکلش یک‌جوری بود.

یادم آمد مادرم زردچوبه توی آبگوشت می‌ریخت. من لازانیا و پیتزا و کباب را خوب درست می‌کنم. برنج دم‌پخت را هم همین‌طور. اما تا وقتی خانه‌ی پدری بودم لب به آبگوشت نمی‌زدم.

دلشوره داشتم. مهمان ها ساعت شش می‌آمدند و حالا ساعت از چهار گذشته بود و کتایون هنوز نیامده بود. از یک طرف دوست داشتم دیر بیاید تا همه چیز را آماده کنم و از طرف دیگر دلم شور می‌زد که نکند غذاها خوب از آب درنیایند. یک‌دفعه متوجه شدم که دارم اصطلاحات زنانه به‌کار می‌برم: *"دلم شور می‌زند"، "می‌ترسم خوب نپزد"!*

نیم‌ساعتی صبر کردم و زنگ زدم. نبود. موبایلش خاموش بود. دوست داشتم بیاید. یک چیزهای کوچک و مهمّی بود که نمی‌دانستم. هر دقیقه به ساعت نگاه می‌کردم و هر لحظه بیشتر نگران می‌شدم. عجب غلطی کردم! کاش همان دستمال را دست می‌گرفتم و همه‌جا را برق می‌انداختم!

اما تازه باید چی به او بگویم؟

آمد!

تا آمد، از همان دم در گفت:

"این بوها چیه؟ چی‌کار کردی مرد؟"

یادم آمد که بارها اعتراض کرده بود که وقتی آرایش می‌کند، یا موهایش را درست می‌کند، من اصلاً متوجه‌اش نمی‌شوم. رفتم دمِ در. داشت لباسش را به چوب‌رختی آویزان می‌کرد. موهایش را خیلی کوتاه کرده بود. چیزی که من بدم می‌آمد. اما گفتم:

"به‌به! چه‌قده خوشگل شده‌ای! این دفعه خیلی قشنگ زده!"

همان‌جور که دستش داشت با زاویه‌ای بیشتر از نود درجه لباس را به چوب‌رختی آویزان می‌کرد به طرفم برگشت. چند لحظه ثابت، مثل یک مجسمه ایستاد. بعد گفت:

"اگه اشتباه نکنم کارِت گیر کرده و می‌خوای خرم کنی!"

گفتم:

"ما که نفهمیدیم باید با تو چه‌طوری حرف بزنیم؟ بالاخره نظر بدم یا ندم؟"

گفت:

"خیلی ممنون! حالا بگو چه‌کارم داری؟"

گفتم:

"هیچ! فقط بیا ببین چی برات پختم!"

تا در قابلمه را باز کرد صداش درآمد که:

"ای وای! این چرا این‌جوریه!"

بعد در قابلمه‌ی برنج را هم برداشت و گفت:

"خدا منو مرگم بده! هیچ معلوم هَس چی می‌خوای درست کنی؟"

زیر نگاهش مثل بچه‌ای خطاکار ایستاده بودم و چیزی برای گفتن نداشتم. سرش را تکان داد و گفت:

"درِ این قوطیِ زردچوبه چرا بازه؟ خوبه دیرتر نرسیدم! لطفاً دیگه به هیچی دس نزن تا برم لباسامو عوض کنم و خودم بیام. می‌دونستم! می‌دونستم که آخرش می‌افته گردن خودم!"

وقتی برگشت، به من که مثل احمق‌ها وسط آشپزخانه ایستاده بودم و نمی‌دانستم چه‌کار کنم گفت:

"بالا غیرتت از این تو برو بیرون تا ببینم چه‌کار باید بکنم! فقط اگه دوس داری برو میز و بچین و فکر نوشیدنی‌ها باش."

درست برگشته بودم به زمان کودکی‌ام. به زمانی که مادرم دعوام می‌کرد. به زمانی که هم‌زمان، دو احساس متفاوت به من دست می‌داد. از طرفی می‌دیدم بی دلیل نیست که تنبیه می‌شوم و این احساسِ خوب را داشتم که کسی نگران من است و خطاهایم را می‌بیند و می‌بخشد، و از طرفی این

احساس بد را داشتم که ضعف‌هایم دیده شده‌اند. از خودم عصبانی می‌شدم و از مادرم متنفر.

مهمان‌ها آمدند. بیشتر از همه سهیلا باعث ناآرامی و نگرانی کتایون می‌شد. هر جا می‌رسید نه تنها از آشنا و در و همسایه، که از فک و فامیل و شوهر و بچه‌های خودش هم می‌گفت.

وقتی تازه به دانمارک آمده بودیم، یکی از بچه‌ها که چهار پنج سال پیش‌تر از ما آمده بود می‌گفت جامعه‌ی ایرانی‌های دانمارک فقط با یک دِه قابل مقایسه است. بعد توضیح داد که در یک ده، همه همدیگر را می‌شناسند و چه بخواهند و چه نخواهند بیخ ریش همند و هر روز یکدیگر را می‌بینند و به‌ناچار باید همدیگر را تحمل کنند.

آن‌موقع شاید نود درصد ایرانی‌های دانمارک بچه‌های سیاسی بودند. راستش فکر کردم او هم از این سیاسی‌هایی است که عاشق تئوری وِل‌دادن هستند. اما هرچه بیشتر گذشت، بیشتر حق را به او دادم، اگرنه ما کجا و سهیلا خانم کجا! توی جشن‌های ایرانی هست. توی حراجی‌ها هست. خواننده، سخنران یا نویسنده‌ای را که دعوت می‌کنند، هست. توی خیلی از مهمانی‌ها هست. یعنی یکی از اهالی دهکده است و فرار از دستش ناممکن. رشته‌ی پداگوژی خوانده و در یک مؤسسه‌ی مخصوص "اوقات فراغت" یا "وقت آزاد"، یا همان "بعد از مدرسه" با بچه‌ها کار می‌کند. ما معادل این تشکیلات و فعالیت‌ها را در فارسی نداریم، اگر هم داشته باشیم، من از آن بی‌خبرم. خلاصه سهیلا خانم همه‌ی اطلاعات خانوادگی این بچه‌های معصوم را می‌ریزد روی هارددیسکِ خودش و این‌ور و آن‌ور می‌برد. حافظه‌ی رشک برانگیزی دارد. بدی کار این‌جاست که با خوبی‌هایش خودش را به تو تحمیل می‌کند. وقتی که می‌خواستیم جشن تولدِ هیجده سالگیِ سایه را بگیریم، از دو روز پیش پا به‌پای من و کتایون کار کرد. از خرید و تزیین و پختن سه جور کیک بگیر تا رُفت و روب بعد از جشن.

خلاصه آن‌شب که قرار بود من آشپزع باشم، غذا تا ساعت هشت آماده نشد. با مشروب و آجیل و چیپسْ آن دو ساعتِ دیر شده را پر کردیم. سر میز شام کله‌ها گرم بود و خوشبختانه کسی حواسش به کم‌حرفی من نبود. غذا هم که غذای کتایون بود و حرف نداشت.

شب کَت و کول خانم را حسابی ماساژ دادم و با صمیمیت ازش تشکر کردم. وقتی بوسیدمش متوجه شدم که بوسه‌ها چه‌قدر با هم فرق دارند! این‌ها بوسه‌هایی بود سرشار از سپاس. سرشار از نیاز. بوسه‌های خواستن. خواستن کسی که تو را تنها نمی‌گذارد، حتی اگر از سر لج یا عصبانیت، با صدای بلند هم گفته باشد که تنهایت می گذارد."

۱۹

راستش دارم به این نتیجه می‌رسم که این عمل جداسازی حقوق‌ها که کتی پیشنهاد کرد و به اجرا هم گذاشت، چندان هم بد نبود. برای مثال، ماه پیش من یک ترجمه برای سازمان پناهندگی داشتم که بابتش هفت‌صد کرون گرفتم. اگر آن زمان بود، می‌رفت قاتی خرج خانه و هیچ هم دیده نمی‌شد. اما حالا می‌بینمش. مال خودِ خودم است و با وجدان راحت می‌توانم هرکاری که می‌خواهم با آن بکنم.

مرده‌شور این زندگی کارمندی را ببرد که همه‌چیزش باید از روی حساب و کتاب باشد! بیدار شدنت، ساعت سر کار رفتن و برگشتنت، تعطیلات، درآمد، و به ناچار خرج کردنت. پیش‌ترها اگر می‌خواستم یک آبجو هم بیرون بخورم اول حساب می‌کردم که نکند بیشتر از حقم خرج کرده باشم. اما حالا، کتی وجدانم را آرامشْ عطا فرموده است. البته یک آبجو که می‌گویم، اغراق است، اما راست می‌گویم، دست و دلم نمی‌رفت برای خودم و دلِ خودم پولی خرج کنم. اما حالا هفت‌صد کرون داشتم که می‌توانستم هرجور که دلم می‌خواست، بی دخالتِ وجدان یا ترسِ از پاسخ‌گویی خرجش کنم.

چند سال پیش بهزاد از فرانسه یک عطر شانل برای کتی آورده بود. او خیلی آن عطر را دوست داشت. راستش خودم هم خیلی خوشم از بوی آن می‌آمد. وقتی آن عطر را می‌زد هی دوست داشتم دنبالش کنم و قربان صدقه‌اش بروم. این بود که رفتم عطرفروشی، صد کرون دیگر هم روی پول ترجمه گذاشتم و یک شیشه شانل براش خریدم.

شب که آن‌را به‌اش دادم خندید و گفت:

"پس اگه زیاد قهر کنم کلی هدیه گیرم میاد، نه؟"

بوسیدمش و گفتم:

- *"این برا آشتیه نه برا قهرت. از اون گذشته راستش! بیشتر اینو برا خودم خریدم تا تو."*

- *"صَب کن ببینم! اسمشو چی گذاشته بودی؟ آها! عطر قربون صدقه، مگه نه؟"*

- *"حالا یه کمی ازش بزن تا بازم قربون صدقه‌ات برم!"*

موها را از روی گوش‌های کوچکش کنار زد و اول یک فیش زد به این بناگوش، بعد یکی هم به آن بناگوش. کمی هم زد زیر گلو.

آن‌شب یک همخوابگی لطیف داشتیم. از آن همبستر شدن‌هایی که هرکس فقط می‌خواهد آن‌یکی را راضی و خوشحال کند و در اوج ببیند. حرکت‌هایمان مثل موج‌های دریایی آرام و بی توفان بود. عشقبازی‌امان در یک هم‌آهنگی کامل و شکوهمند به اوج رسید و بعد خیلی آرام، در کنار هم دراز کشیدیم. مدت بسیار زیادی دست چپ من زیر سر او و دست راست او زیر سر من بود، و بی هیچ کلام مزاحمی به نفس‌های همدیگر گوش می‌دادیم.

ای کاش ما آدم‌ها حرف نمی‌زدیم. ای کاش دانش و پژوهش دانشمندان در این راستا حرکت می‌کرد که بارِ حرف زدن را از دوش انسان بردارند و او را از این شرّ خلاص کنند.

از صمیمیت تن‌هایمان در آن شب چنان به ذوق آمده بودم که فکر کردم چنین صمیمیّتی در زبانِ من، و در فکر او هم هست. به قول بهزاد که بعضی وقت‌ها حرف‌های گنده گنده می‌زند، هنوز معصومیّتِ حیوانیّتِ تنم با من بود.

گفتم:

- *"عزیزم یه چیزی ازت بپرسم راستشو می‌گی؟"*

- "مگه غیر از این انتظار داری؟ خودت که منو می‌شناسی! یا جواب نمی‌دم، یا راستشو می‌گم."

- "ببین! گفتنش برام آسون نیست... اما من یه جوری... از این‌که... اصلاً ولش کن!"

- "ببین! یا نباید چیزی می‌گفتی، یا حالا دیگه باید بگی. حالا دیگه من ازت نمی‌گذرم!"

- "بذار در یه جمله به‌ات بگم..."

اما هرچه زور زدم نه جمله‌ای به ذهنم رسید و نه حتّا دهانم باز شد.

چه‌طور می‌توانستم آن‌همه احساس‌های خبیث و دردناکی را که در طول این سال‌ها، شب و روز به جانم سوهان کشیده بود، در یک جمله خلاصه کنم؟

خوبی یا بدی‌اش در این بود که فقط یک چیزهایی را حس کرده بودم! نه چیزی دیده بودم و نه مدرکی داشتم. یک چیزهایی حس کرده و به تنهایی دردشان را می‌کشیدم. من غیر از کتی و او، اینجا کی را دارم؟ تازه اگر دخترخاله پروین اینجا بود، من هم گاهی وقت‌ها شانه‌هاش را ماساژ می‌دادم. به خودم نهیب زدم: "این را بفهم که آن‌ها از بچّگی با هم بزرگ شده‌اند."

نه! البته که چیزی نمی‌گویم. همین حالا هم پشیمانم که چرا دهنم را باز کردم.

کتی به سمت من غلتید، دستش را از زیر سرم درآورد و آن را تکیه‌گاهِ سرش کرد، انگشت‌های دست چپش را که دوتا النگوی طلا در آن بود لای موهام فرو کرد و با لبخندی که صورتش را معصومانه می‌کرد و می‌دانست خیلی دوست دارم، و با صدایی نرم و مخملی گفت:

- "من هنوز منتظرم عزیزم!"

- "بگذریم! پشیمون شدم."

- "گفتم که! جونِ تو ازت نمی‌گذرم؛ باید به‌ام بگی که چی تو دلت
می‌گذره."

- "پس به یه شرط!"

- "ها؟"

- "اینکه برداشت بد نکنی!"

دستش را از لای موهام بیرون کشید. توی چشم‌هام نگاه کرد و با
صدایی که دیگر نرم نبود گفت:

- "ببینم! اینجا هم می‌خوای به من دیکته کنی که چه‌طوری فکر کنم؟
یعنی اینکه من خودم فهم و شعور و قدرتِ تشخیص ندارم؟"

- "من که گفتم بگذریم! کتی! جونِ تو، بعدِ مدت‌ها یه شبِ خوب با هم
داشتیم، حالا دیگه خرابش نکن!"

کمی فاصله گرفت و با حالتی که می‌خواست عصبانیتش را پنهان کند
گفت:

- "من؟ من خرابش نکنم؟ مگه این تو نبودی که می‌خواستی چیزی
بپرسی؟ خُب بپرس دیگه!"

- "آره عزیزم! این من بودم که این غلط رو کردم. این درست، ولی حالا
پشیمون شدم! می‌تونم یا نه؟"

پا شد نشست. دستش را دراز کرد و لباسش را از پای تخت‌خواب
برداشت و همان‌طور که داشت آن را می‌پوشید گفت:

"چرا عصبانی می‌شی؟ خودت آب رو گِل‌آلود می‌کنی، خودت هم پیش
از همه اعتراض می‌کنی که چرا این آب صاف نیست. اما این خیلی بده که آدم
هی راه بره و با خودش فکر کنه که آخه چه چیزی تو مغز شوهرمه که نمی‌تونه
اونو به زبون بیاره؟"

می‌خواست برود که دستش را گرفتم. النگوهاش آمد توی دستم. این
سفری که رفت ایران، مادرِ بهزاد برایش گرفته بود. گفتم:

- *"حالا این‌قده جدّی نگیر! اصلاً تو چرا همه‌چیزو این‌قده جدّی می‌گیری؟ لباساتو درآر، بیا یه کم آرامش به‌ام بده! بیا دیگه عزیزم!"*

اما دستش را کشید و گفت که می‌خواهد زنگ بزند.

- *"به کی این وقت شب؟"*

- *"به بهزاد."*

- *"اما ساعت از ده گذشته!"*

- *"توکه می‌دونی اون قبل از دوازده نمی‌خوابه."*

و بی آن‌که نگاهم کند از اتاق بیرون رفت.

اگر دخترخاله‌ام پروین این‌جا بود، شاید من هم همین الآن پا می‌شدم به او زنگ می‌زدم. خیلی چیزها بود که می‌توانستیم ازشان حرف بزنیم. روی خرپشته‌ی خانه‌ی دایی. آن ظهر تابستان. همه پایین در خواب قیلوله.

داشتیم مجله‌های قدیمی را ورق می‌زدیم. اول من گفتم بیا هنرپیشه‌بازی کنیم. گفتم ادای این زن و مردهایی را درآوریم که عکسشان توی مجله است. گفتم یکی من انتخاب می‌کنم یکی هم تو. گفت اول من. گفتم باشه. یکی را انتخاب کرد که مَردی از پشت زنی را بغل کرده و سرش را بیخ گوشش گذاشته بود. وقتی بغلش کردم بدنم داغ شد. دولم هم سفت و سخت شد. مجبور شدم دستم را ببرم توی شورتم و جا به‌جاش کنم. گفت حالا نوبت توئه!

من عکسی انتخاب کردم که مردی دراز شده بود روی یک زن. گفت اما اینجا سیمانه، سفته.

پاورچین پاورچین از پله‌ها رفتم پایین. همه خواب بودند. یواشکی یک پتو برداشتم و آمدم بالا. روی آن دراز کشید و من هم دراز کشیدم روی او. گفتم ماچِت کنم؟ گفت امّا لبامو نه. دو سه‌تا نقش دیگر هم بازی کردیم. بعد گفتم می‌ذاری اونجاتو ببینم؟ گفت اما فقط یه نگاه. گفتم باشه.

دور و بر را نگاه کرد، رویش را برگرداند و شلوارش را پایین کشید. آب توی دهنم جمع شده بود. خیلی زیاد. شلوارش را که بالا کشید گفتم حالا

می‌خوای مال منو ببینی؟ با سر اشاره کرد که آره. وقتی دید، ابروهاش رفت بالا و دهنش باز ماند. گفتم بیا مال دوتاییمان را بمالیم به هم. گفت دختر نباید این کار را بکند، اگرنه دخترانگی‌اش را از دست می‌دهد و بی‌آبرو می‌شود. بعد گفت که مامان و باباها این‌ها را می‌کنند توی هم. بدم آمد. پیش از این هم شنیده بودم اما تجسّمش وحشتناک بود که پدرت با مادرت که آن‌همه دوستش داری این کار را بکند. مگر هرچه فحش می‌شنیدیم برای آن‌جای خواهر و مادر آدم نبود؟

عجب منطقه‌ی ممنوعه‌ای درست کرده‌ایم! بدن جانوران منطقه‌ی ممنوعه ندارد. اما ما آدم‌ها که طبیعی زندگی نمی‌کنیم! ما عاشق قانون و مقرراتیم. هرکدام از ما که زورش برسد قانون درست می‌کند. قانون که درست شد دیگر نمی‌شود که اجرا نشود. نپذیرفتنش دردِسر دارد و اجرا نکردنش مجازات. بعد، همین قانون، به مرور زمان می‌شود عقیده و سنّت. پس نتیجه‌ی داهیانه و فیلسوفانه‌ی من این است که: ما بدون اختیار خودمان در میان قانون‌هایی به دنیا می‌آییم که حکم می‌کنند چه‌طور زندگی کنیم، و من با این قانون بزرگ شده‌ام که وقتی کتایون زن من است، نباید با دیدن پسرعمویش به یادِ خرپشته‌ای در ظهر تابستانی بیافتد. تقصیر از خودم است که این‌همه خَرَم. وقتی می‌دانستم که با پسر عمویش هم سن و سال هستند و با هم بزرگ شده‌اند، نباید به این کشور می‌آمدم.

رفتم پشت در. چند بار دیگر هم این کار را کرده‌ام. وقت‌هایی که حرف نزدنمان باهم خیلی طولانی شده. وقتی زیر یک سقف زندگی می‌کنیم، آیا من حق ندارم بفهمم او دارد چه‌کار می‌کند؟ اگر مثل زن محمود، فردا که آمدم خانه دیدم قفل در را عوض کرده چه‌کار کنم؟ به پلیس گفته بود که می‌ترسد با محمود زیر یک سقف باشد.

توی آن یکی اتاق بود. در را هم بسته بود. تا گوشم را به درز در چسباندم گفت خداحافظ و در را باز کرد. درجا عرق کردم. حواسم بود که تته پته

نکنم، اما کردم. گفتم دیر کردی، آمدم ببینم کجایی. نگاه تحقیرآمیزی به سراپام انداخت و گفت:

"راس راسی که قباحت داره!"

خودم هم همین فکر را کردم. چرا توی رابطه‌ی زن و شوهری آدم این‌همه حقیر می‌شود؟

وای که چه‌قدر دلم برای یک کوه رفتن تنگ شده است. برای ایستادن در بلندی.

اما دانمارک کوه ندارد! نه کوه دارد و نه هرگز انقلابی در آن شده است.

۲۰

دوست دارم سرِ خودم را به دیوار بکوبم. همیشه فکر و زبانم علیه خواسته‌های طبیعی و مادّی من کار کرده‌اند! آدم ایده‌آلیست همین است. آخر مگر تو چی از زندگی می‌خواهی؟ دوتا بچه‌ی سالم و با هوش که مطمئنی در زندگی از پس خودشان برمی‌آیند؛ دوتا دختر مثل دسته‌ی گل. یک شغل ثابت با تضمین حقوق بازنشستگی، یک پس‌انداز برای روز مبادا. زندگی در کشوری که یکی از بالاترین استانداردهای رفاهی را در جهان دارد. باز هم بگویم؟

باز هم هست! یک زن زیبا که با وجود این‌که وقتی مردها بَد نگاهش می‌کنند ناراحت می‌شوی، ته دلت یک کیفی هم می‌کنی که نمی‌گذاری دست هیچ‌کس به او برسد و مال توست.

این‌ها کم است؟ اگر آرامش می‌خواهی بچسب به زندگی‌ات! حالا اگر جدا شوی چه دستت را می‌گیرد؟ آن هم توی این سن و سال. دیگر بیست سالت که نیست! تو که چیزی ندیده‌ای! پس چرا بی‌خودی شلوغش می‌کنی؟ اصلاً با این کنج‌کاوی‌ها ممکن است یک حس‌هایی را که نباید، در او بیدار کنی! بتمرگ سر جات! وقتی هم او دیگر چیزی نمی‌گوید، تو خودت می‌روی و یک جورهایی تحریکش می‌کنی. تو که از سعید و محمود و نمی‌دانم کی و کی یا همین بهزاد زرنگتر که نیستی. همه‌اشان از تنهایی می‌نالند و حسرت زندگی تو را می‌خورند. می‌خواهی خودت را دستی دستی آواره کنی که چی؟ اول از همه آن مادر پیرت را دربِ و داغون‌تر می‌کنی. تو که نتوانسته‌ای در این دوران پیری کاری برایش بکنی، پس لااقل غمش را زیادتر نکن! بچه‌ها هم

هرچند بزرگ شده‌اند، اما باز هم ضربه می‌خورند. تو هم خودت را خوب می‌شناسی و می‌دانی از آن‌هایی نیستی که بتوانی با یک دانمارکی زیر یک سقف زندگی کنی. مگر همه‌ی آن‌هایی که زن دانمارکی گرفته‌اند، جدا نشده‌اند؟ گفت حقوقش را جدا می‌کند، کرد و دیدی آن‌چنان اتفاق عجیبی هم نیفتاد. اتاق‌ها را هم بگذار هرجور که می‌خواهد درست کند. تازه از بار مسؤلیت تو کم می‌شود! خرت و پرت‌ها و تابلوها را هم بالاخره یک وقتی که سرِ حال باشد راضی‌اش می‌کنم که یک جایی بچینم. هم‌خوابگی هم راه دارد. کلی تکنیک هست که می‌شود به کار گرفت. این چند بارِ آخر که خیلی هم راضی بود و مشکلی نداشتیم. این هم که می‌گویی زیاد تلفنی حرف می‌زند که خودت می‌دانی بهانه‌ای شده تا بتوانی سرش غُر بزنی، اگر نه می‌ماندی معطل که با چه بهانه‌ای وقت گیر بیاوری که جلوی تلویزیون بنشینی. پول‌ها را می‌دهد کاسه بشقاب می‌خرد؟ خُب بخرد! بالاخره یک جاهایی هم باید کوتاه آمد. همه همین کار را می‌کنند. با هر کس دیگری هم که زندگی می‌کردی باز همین بود. حالا اختلاف اگر سر کاسه بشقاب نبود، لابد سر میز و صندلی بود. این هم که شنیده‌ای فلسفه می‌بافند که زندگی نمی‌دانم سبک است یا سنگین، بند و ریسمان دارد یا ندارد، قرارداد و قانونش چنین است و چنان، همه‌اش برای این است که بگویند زندگی و بی‌عدالتی‌های آن پیچیده‌تر از آن است که هر آدمی آن‌را بفهمد. در حالی که اصلاً این‌جور نیست. زندگی خیلی‌خیلی هم ساده است. برای همین است که می‌گویم ای کاش انسان‌ها حرف نمی‌زدند. حرف زدن را می‌شود شروع کرد، اما نمی‌شود تمامش کرد. همین‌جوری تا ابد ادامه پیدا می‌کند. کاش می‌شد فقط بدن‌ها با هم حرف بزنند. آن‌وقت شاید رابطه‌ی من و کتایون اگر هم سرد می‌شد، سردی‌اش این‌همه به درازا نمی‌کشید.

راستش هرچی فکر می‌کنم می‌بینم همیشه این حرف‌زدن بوده که رابطه‌ی من و کتایون را به‌هم زده. همین دیشب آن همه لذّت بردیم و خوش بودیم تا

این‌که من دهانم را باز کردم. همان‌جور که آرام پهلوی هم دراز کشیده بودیم، تن‌هایمان داشتند با هم حرف می‌زدند و از زندگی لذت می‌بردیم! تن‌ها جور دیگری با هم حرف می‌زنند. طبیعی. روشن و صریح. در زبانِ تن‌ها زمانِ گذشته و دوراندیشیِ آینده و فکرِ فردا نیست. زبانِ تن، زبانِ بی ریای همین حالاست. همین لحظه‌ای که در آن نفس می‌کشیم. اما زبانِ سر، زبانِ تن را می‌بندد، تحقیرش می‌کند و خیلی از فرصت‌هایی را که تنها یک بار ممکن است پیش بیاید، نابود می‌کند. همین هزار بار بیشتر برای خودم پیش آمده.

فاصله گرفتن خوب است. قدر همدیگر را بهتر می‌فهمیم. مثل آن هفته‌ای که سه روز برای کنفرانس رفته بود شهر آلبورگ. شب پیش از حرکتش عشقبازی جانانه‌ای داشتیم. پیش از سفر حس وهم‌آلودی ما آدم‌ها را به هم نزدیک می‌کند. کنار هم دراز کشیده بودیم و به این فکر می‌کردم که یک مفهوم‌هایی از قعر تاریخ می‌آیند و توسط خانواده و جامعه و قانون و نمی‌دانم چی، از همان بچگی با شیر مادر به خوردمان داده می‌شوند و ممکن است تا آخر عمرمان حتّا یک‌بار هم علامت سؤال جلویشان نگذاریم. بعد فکرم کشیده شد به هامبورگ و گفت‌وگوهایی که با کامران داشتم، که با فشار دست کتایون برگشتم به اتاق‌خواب. دست راست را تکیه‌گاه سرش کرده بود، و دست چپش را روی لب‌هایم کشید. یک دسته از موهای سیاهش افتاد روی گردن و سینه‌ی سفیدش. لبخندی به لب داشت و مهربانی توی چشمش موج می‌زد. گفت:

"حالا که واقعاً می‌خوای و این‌همه برات مهمّه، خُب! اون چیزایی رو که توی زیرزمین داری بیار بالا، تابلوها رو هم خودت انتخاب کن و به دیوار بزن."

نیم خیز شدم و ناباورانه نگاهش کردم. همان‌جوری آن‌قدر توی صورتش نگاه کردم که یک‌دفعه خنده‌ام گرفت. بعد با صدای بلند خندیدم و او پرسید:

- *"چیه؟ چی شد بهرام؟ مگه من چی گفتم؟"*

تو هم آرام می‌گیری

- *"هیچ‌چی! فقط فکر می‌کنم عجب دیوونه‌ای هستی که اون همه روزای خوبو به خاطر این موضوع خراب کردی!"*

پاشد نشست توی تخت، بلوزش را پیدا کرد و پوشید. دیگر مهربانی توی چشم‌هاش نبود. لب‌هاش سفت به هم چسبیده بود. یک چین کوچولو هم مثل علامت ورود ممنوع وسط پیشانی‌اش پیدا شده بود.

پرسیدم:

"چی شد؟ کتایون چی شد یه دفعه؟ کتی مگه من چیزی گفتم؟"

با صدای گرفته و محزونی گفت:

"نه! باید به کارام برسم. خیلی خوشی کردیم. همین بسّه دیگه."

مگر می‌شد بعد از این‌همه سال نفهمم که از حرف من ناراحت شده؟ اما مگر من چه گفته بودم؟

مثل این‌که باید بپذیرم که مشکل دارم. مثل این‌که مشکلم راستی راستی خیلی هم جدّی است. هرچه زور می‌زنم نمی‌توانم روی یک خط راه بروم. هی با خودم قرار می‌گذارم که این‌بار دیگر حاشیه نروم، اما می‌روم. البته برای من حاشیه‌ها همیشه از متن جذّابتر بوده‌اند. بی‌راهه‌ها هم همین‌طور. همیشه برایم جالب بوده که در گوشه و کنار و آن پشت و پسله‌ها چه می‌گذرد. آخر قصه‌ی حسین کُرد که نیست که از اول شروع کنی و همین‌جوری یک‌نفس بروی تا به آخرش برسی! هر اتّفاقی که در زندگی برایم افتاده صدتا دلیل داشته که خودم را خیلی پاره پوره کنم، تازه به بیشتر از سه چهار دلیلش نمی‌توانم پی ببرم.

هرچه فکر می‌کنم، می‌بینم آخرش ناچارم که با این زن کنار بیایم. نباید زندگی را این‌همه سخت بگیرم. کافی است کمی بی‌خیال شوم. کافی است این‌همه به جزییات نپیچم. اگر بپیچم، به گمانم زندگی بدجوری مرا می‌پیچاند. می‌ترسم زندگی چنان اعصابم را درهم بپیچاند که دیگر در هیچ مُبل و خانه‌ای احساس آرامش نکنم. می‌روم و یک کادو برایش می‌خرم.

ماچش می‌کنم و سعی می‌کنم که بعد از این زیاد حرف نزنم. وقتی همه‌چیز دارد به خوبی پیش می‌رود، مگر مرض داری که دهانت را باز می‌کنی؟ فردا که می‌روم سفر، یک هدیه‌ی خوشگل برایش می‌خرم. برای زن‌ها هدیه معجزه می‌کند. این را خوب می‌دانم و به آن اطمینان دارم.

۲۱

برای یک سمینار آمده‌ام این شهرِ جنوبیِ سوئد، مالمو. سمینار تمام شده و حالا آمده‌ام توی شهر گشتی بزنم. یکی از بزرگترین پُل‌های جهان را روی این دریا زده‌اند که فاصله‌ی سوئد تا دانمارک را به بیست دقیقه رسانده است. پُل همه‌جا سَنبُلِ ارتباط است. هر ساله میلیون‌ها دلار و کرون و یورو خرج می‌کنند تا ارتباطِ آدم‌ها را بیشتر و آن‌ها را به هم نزدیکتر کنند. این سمینار هم برای این است که ببینند چه‌طوری می‌توانند ارتباط مردم آن طرف و این طرف پل را زیادتر و آسان‌تر کنند.

خیلی ایرانی توی سوئد هست. تنها همین شهرِ سوئد، به اندازه‌ی تمامِ ایرانی‌هایِ دانمارک، ایرانی دارد. ایرانی از همه تیپی. از استاد دانشگاه بگیر تا جگرکی و مواد فروش. از سر کنج‌کاوی می‌روم توی یک سوپرِ ایرانی. از نان سنگک بگیر تا زولبیا و سبزی‌خشک و واجبی، همه چیز دارد. چادر هم دارد! چادرِ زنانه! دلم به تاپ تاپ می‌افتد. بگیرم؟ نگیرم؟

سرانجام یکی را برمی‌دارم. حواسم هست که آشناییْ مرا نبیند. یک چادر سیاه می‌گیرم.

حالا که تصمیم به سازش در زندگی گرفته‌ام، جا دارد که یک هدیه هم برای کتی بخرم. از آن گذشته عادت دارم که همیشه از هر سفری، برای همه سوغاتی ببرم.

یکی از آشناها همیشه می‌گوید *"خوش به‌حال آن‌ها که دختر دارند! هدیه خریدنشان آسان است. مثلِ پسردارها نیستند. می‌روند به یک لوازم آرایش فروشی و فوری کارشان را راه می‌اندازند."*

من هم همین کار را می‌کنم. می‌روم لوازم آرایش فروشی و یک ماتیک جگریِ خوشگل برای کتی و دوتا هم با رنگ‌های روشنتر برای سایه و سارا می‌خرم. اما می‌بینم خریدم ناقص است. چیزِ دیگری هم کم دارم. پس می‌روم سراغِ لباس‌فروشی‌ها. در بوتیک سوم چیزی را که می‌خواهم پیدا می‌کنم.

توی راه دل توی دلم نیست که ببینم کتی چه می‌گوید. با یک بلوز یخه هفتِ قرمز و چادرِ سیاه، درست می‌شود مثلِ آن روز که برای اولین بار دیدمش. پدرسوخته از آن‌هایی است که چادر خیلی به‌اش می‌آید. وای که با این بلوزِ قرمز و آن چادرِ سیاه چه‌قدر خاطره برای من زنده می‌شود!

سال‌های اول ازدواج. جوان و پر اشتها. پرده‌ها را می‌کشیدیم و او می‌رفت آن پُشت‌مُشت‌ها لباس‌هاش را درمی‌آورد و چادرِ سیاهش را سر می‌کرد. آن زیر لُختِ لُخت بود. سفیدی تَنَش از توی این چادرِ سیاه مثل نور می‌زد بیرون. بعد با عشوه توی اتاق راه می‌رفت و یک قری به این کمر و باسنش می‌داد که آب از لب و لوچه‌ام سرازیر می‌شد. چادر که سر می‌کرد انگاری چشم‌هاش درشت‌تر و جان‌دارتر می‌شدند. همان‌جوری که با قر و اطوارش دلم را آب می‌کرد، یک جوری نگاهم می‌کرد که انگار یک شکارِ گریزان است و باید دنبالش کنم. بعد روبه رویم می‌ایستاد و یواش یواش ساقِ پایش را بیرون می‌آورد و نشانم می‌داد. بعد رانش را. بعد آن یکی رانش را. بعد پشتش را به طرفم می‌کرد و یک‌دفعه چادر را بالا می‌زد و همه‌چیزش را نشانم می‌داد. آن‌جا دیگر می‌پریدم و بی اختیار و دیوانه‌وار بغلش می‌کردم.

سرِ راهِ خانه یک بسته کاغذکادو و یک چسب نواری می‌گیرم. هنوز نیامده‌اند. زودی هدیه‌ها را کادوپیچ می‌کنم. اول چادر را می‌گذارم، بعد بلوز را، و ماتیک را می‌گذارم روی آن‌ها.

صدای در می‌آید. می‌روم دمِ در و ماچش می‌کنم. می‌گویم خیلی به یادش بوده‌ام. سه‌تا کادو را که می‌بیند، می‌پرسد کدامش مال اوست. می‌گویم

"هر سه‌تا". ابروهاش را بالا می‌برد و لبخندی می‌زند که یعنی: "*می‌دانم چه خیالی برایم داری.*"

وقتی خیلی با یکی زندگی کرده باشی، تنِ او با تو حرف می‌زند. جزء جزء اعضای بدنش با تو حرف می‌زنند. دیگر فقط زبانش نیست که با تو حرف می‌زند. نوعِ حرکتِ دست یا پا، یک چینِ کنج لب، فاصله‌ای که می‌گیرد تا چیزی را به دستت بدهد، نوع نگاه و ده‌ها چیز دیگرش با تو حرف می‌زنند. صدها موردِ دیگر هست که از واژه‌ها گویاترند.

می‌گویم باید آن‌ها را به ترتیبی که گذاشته‌ام باز کنی. توی اتاق نشیمن هستیم. آن‌ها را روی میز شیشه‌ای جلوی مبل گذاشته‌ام. کاغذکادوها متالیک و برّاقند. به دکور خانه می‌آیند. می‌گویم همین حالا باید از آن‌ها استفاده کنی. می‌گویم دوست دارم با آن‌ها ببینمت.

می‌گوید:

"*اُکی.*"

و این را جوری می‌کشد و با ناز می‌گوید که یعنی: "*ای پدر سوخته! چه خوابی برام دیده‌ای؟*"

ماتیک را باز می‌کند. می‌گویم باید از آن بزند. از گوشه‌ی چشم نگاهی می‌کند که یعنی: "*حالا بذار اینو باز کنم تا ببینم خوشم میاد یا نه!*"

خوشبختانه از رنگ و مارک آن خوشش می‌آید.

دومی را که باز می‌کند قاه قاه می‌خندد و در حالی که خم و راست می‌شود می‌گوید:

"*وای که چه‌قدر کنسرواتیوی مرد! بازم قرمزِ یخه هفت!*"

آن را می‌پوشد. کنتراستِ این موهای بلندِ مشکی و این گردن سفید، و قرمزی این بلوز مرا دیوانه می‌کند. پستان‌هاش بزرگ‌تر شده‌اند. اما به هیکلش می‌آیند. هنوز خیلی متناسب است.

می‌آید لب‌هام را می‌بوسد و تشکر می‌کند.

حالا مانده است کادوی آخری! دل توی دلم نیست. بازش می‌کند. ابروهاش به معنای "*این دیگه چیه*" توی هم می‌رود. آن را سرِ دست بلند می‌کند. با ناباوری نگاهش می‌کند و می‌گوید:

"*این؟ اینو از کجا گیر آوردی؟ یعنی... تو... اینو... واسه من گرفتی؟*"

با کمی نگرانی با سر اشاره می‌کنم که یعنی: "*آره.*"

سرش را به چپ و راست تکان می‌دهد. لبش می‌لرزد. چشمانش تَر می‌شوند. چادر را بلند می‌کند و محکم به زمین می‌کوبد. می‌رود توی اتاق‌خواب و در را پشتِ سرش می‌بندد.

مَنگ و حیران پشتِ گوشم را می‌خارانم. لب و لوچه‌ام را به عقب و جلو می‌برم و کج و راست می‌کنم. احساس بلاهت می‌کنم. سرم را میان دو دستم می‌گیرم. چه‌کار کنم؟ می‌روم پشت پنجره. آن لانه هنوز هم همان‌جور خالی و بی‌معنی رویِ درخت است. باز هم ذهنم خالی شده. مثل همان دفعه‌ی آخر شده‌ام که پیش دکتر رفتم.

به یک حالتِ لَختی و کرختی دچار شده بودم. بی تفاوتی. دکتر گفت دِپرِسیون دارم. گفت باید خیلی مواظب باشم.

خیلی عجیب است. هرچه تلاش می‌کنم به عقب برگردم و گذشته‌ام را دوباره نگاه کنم، زندگی می‌زند پس کله‌ام و هُلَم می‌دهد به جلو! هیچ توجهی به پای لنگ و سن و سالم هم ندارد!

به‌نظرم این عدم تمرکز، و همینکه نمی‌توانم خیلی ساده، مثل هزاران نفر دیگر که خاطره و یا زندگی‌نامه‌هاشان را می‌نویسند، بنشینم و داستان زندگی‌ام را بنویسم، یعنی همین نتوانستن هم، به نظرم از دِپرسیون است. به فارسی ترجمه‌اش کرده‌اند: افسردگی. بیماریِ افسردگی.

ولی اگر از من بپرسند، می‌گویم آدمی که به سن و سال من رسیده باشد و هنوز نداند خانه‌اش کجاست، اگر افسرده نباشد جای تعجّب دارد.

بگذریم. باید بخوابم. خسته‌ام. باید یک‌جوری به آرامش برسم. فردا برایش هدیه‌ی دیگری می‌خرم. یادم باشد که این واژه‌ی "ببخشید" معجزه می‌کند و خیلی وقت است اختراع شده. آخر برای خوابیدن هم خانه‌ای لازم است. باید چیزهایی را بپذیرم، اگر نه به آرامش نخواهم رسید. باید بپذیرم که با هر کس دیگری هم که باشم، باز با کسی هستم که یکی دیگر است. مگر نه این است که حتّا وقتی با خودم حرف می‌زنم، دارم با موجود دیگری حرف می‌زنم؟ اگر چنین نبود، مگر می‌توانستم این‌همه پرسش برای خودم طرح کنم؟

باید یک‌جوری به آرامش برسم.

باید به یک چیزهایی عادت کنم. خودم را عادت بدهم. مگر این خانه‌ی پاک و استرلیزه چه عیبی دارد؟ شاید عیب از من است که هر دیواری می‌بینم، می‌خواهم به آن میخ بزنم تا یادگارهای گذشته‌ام را آویزانش کنم. عیب از من است که نمی‌توانم از یک ضبط‌صوت کهنه بگذرم و دائم لابه‌لای مرده‌ها می‌گردم. نمی‌شود با کس دیگری زندگی کنم و هر کاری که دلم می‌خواهد بکنم. آزادیِ کامل در تنهایی کامل است. با هر آدم زنده‌ای که زندگی کنم یک حوزه و جسمیّتی دارد که مالِ خود اوست. مالِ من نیست و باید با آن بسازم و کنار بیایم. به گمانم لازم است صدو هشتاد درجه بچرخم تا در جهتی قرار بگیرم که کتایون رو به آن ایستاده است، رو به زندگی.

گفته بودم که پدرم مرد دانایی بود و به من گفته بود *"روزی تو هم آرام می‌گیری"*. و حالا من، نه تنها دارم آرام می‌گیرم، بلکه دارم شکل پدرم می‌شوم. مردی آرام و وارسته با لبخندی همیشگی؛ و این ماسکی است که ناخواسته روی صورتم نشسته است. ماسکی که قرار است خیلی چیزها را بپوشاند؛ ازجمله احساس حقارت را که از بدترینِ بلاهاست. اما از این سخت‌تر و کثیف‌تر، عادت به چیزهایی است که احساس حقارت را در تو ایجاد کرده‌اند. و البته پس از آنکه مدّتِ زیادی با آن‌ها کنار آمدی، به مرحله‌ی

"وارستگی" می‌رسی. مرحله‌ای که دیگر هیچ‌چیز، هیچ احساس تندی در تو برنمی‌انگیزد. در این مرحله، دیگران همیشه تو را با لبخندی به لب، و حرکاتی کُند و سنگین می‌بینند و فکر می‌کنند آدمی هستی دنیادیده، آرام و متین، و حتّا قابل اعتماد؛ چنان قابل اعتماد که می‌توانند پیشَت بنشینند و راز دل بگویند. اما آن‌ها نمی‌دانند که در آن‌سوی این مردِ وارستهْ آدمی هست بی‌تفاوت که دیگر هیچ‌چیز برایش مهم نیست، و لبخندِ همیشگی‌اش ریشخندی است به جهان و هرچه در آن هست.

من آن‌روزها نمی‌فهمیدم منظور پدرم چه بود از آنکه می‌گفت: *"سرانجام تو هم آرام می‌گیری"* اگر نه از او می‌پرسیدم: پدر به چه قیمتی؟

۲۲

من بیشتر از این نتوانستم زندگی بهرام و کتایون را دنبال کنم. به دو دلیل. یکی اینکه دیگر کنج‌کاوی‌ام را از دست داده بودم، و دیگر اینکه از دانمارک دور افتاده بودم. کنج‌کاوی من کم شد، چون دیدم انگار تا آخر دنیا، این دوتا همین‌جوری، مثل بیشتر خانواده‌ها، شاید مثل همه، مثل خودم، گاهی قهر می‌کنند و گاهی آشتی.

دوری‌ام از دانمارک هم برای این بود که از زنم جدا شده و به اینجا آمده بودم. به استرالیا. من به این سر دنیا آمدم تا هرچه بیشتر از او و آن زندگی دور باشم. حالا دارم با یک استرالیایی زندگی می‌کنم. ما هم مثل بهرام و آن‌های دیگر، مثل تام و جری در آن کارتون‌ها، نه می‌توانیم باهم باشیم، و نه تابِ دوری یکدیگر را داریم. حالا که چند سال گذشته، گاهی که به‌یاد بهرام و کتایون می‌افتم دوباره آتش کنج‌کاوی‌ام تیز می‌شود. به‌خصوص خیلی دوست دارم بدانم که بهرام آن شب کجا رفته بود. شبی را می‌گویم که صبح با موهای ژولیده و سر تا پا کثیف به خانه آمد و آن‌همه زیر دوش ماند و لباس‌هایش را هم داخل سطل زباله انداخت. این هم برایم جالب است که بدانم سرانجام کتایون با آن ارثی که به او رسید چه کرد، یا به قولی آن ارث با او چه کرده، یا دارد چه می‌کند. البته دیگر به هیچ‌وجه قصد ندارم به‌دنبال پی‌بردن به رازهایی باشم که آن‌ها می‌خواهند در سینه‌اشان نگه دارند. نکند من هم دارم به مرحله‌ی "وارستگی" می‌رسم؟

البته من یک تئوری دارم که دست‌کم در باره‌ی بهرام صدق می‌کند. به باور من کسانی که مدّت زیادی در زندان بوده‌اند، پس از آنکه محاکمه را از

سر گذراندند و به حبس‌کشی افتادند، عادت می‌کنند که "تصمیم‌ها" برایشان گرفته شود. در این دوره بیشترین کاری که می‌توانند بکنند این است که غُر بزنند یا فریاد، و نهایتِ رضایتشان را یک پیروزی کوچک فراهم می‌آورد.

باید همین روزها به بهرام زنگی بزنم و حالی بپرسم. یادم نیست آخربار کی به او زنگ زدم. هرچه باشد یک "ببخشید" به هردوی آن‌ها، و همچنین به بهزاد بدهکارم. اگر تعریف‌های بهزاد نبود، این زندگی‌نامه چیزی کم داشت. باید از همه‌ی آن‌ها پوزش بخواهم که گاهی زیاده‌روی کرده‌ام. جاهایی را می‌گویم که گویا از فکر آن‌ها هم خبر داشته‌ام. من اگر به خودم اجازه داده‌ام که به قول معروف توی مغز آن‌ها بروم و از حدود ویراستاری فراتر بروم، برای این بوده که چون مدت زیادی با آن‌ها دوست بودم، به‌نظرم می‌دانستم چه‌طور فکر می‌کنند. البته در این‌جا "می‌دانستم" شاید کلمه‌ی درستی نباشد. راستش فکر کردم اگر چنین بنویسم شکل رمان به خودش می‌گیرد و این نوشته‌های عبرت‌انگیز خواندنی‌تر می‌شوند. وانگهی، همیشه آرزو داشتم نمایشنامه‌نویس یا فیلم‌نامه‌نویس بشوم که نشدم.

البته این را می‌دانم که خیلی‌ها از این کلمه‌ی "عبرت‌انگیز" بسیار بدشان می‌آید و آن‌را کهنه، و نشان عقب‌ماندگی نویسنده‌اش می‌دانند. اما آخر "خانه" و "ازدواج" و "خانواده" مفهوم‌های بسیار کهنه‌ای هستند که برای فهمیدن و نگه داشتنشان به‌ناچار باید دست به‌دامنِ واژه‌های کهنه شویم. بعضی چیزها همچنان هستند و می‌مانند و تنها شکلشان عوض می‌شود. دانمارکی‌ها به آن می‌گویند: "شراب کهنه در شیشه‌های نو".

موضوع دیگر اینکه، از نظر ادبی ممکن است در جاهایی که پریده‌ام وسط و جمله‌های گُنده گُنده گفته‌ام، به من ایراد بگیرند. مثل:

"تعیین قلمرو یک عمل غریزی و در نتیجه طبیعی است و می‌شود انتظار انجامش را از انسان هم که یک‌جور حیوان است، داشته باشیم."

و یا:

"دست‌کم یک دوست صمیمی باید در کنارت باشد تا زندگی آسان شود."

ممکن است بگویند این‌جور دخالت‌های راوی متعلق به زمان فردوسی و سعدی است. اما از نظر من، گذشته از آنکه لازم بوده این‌ها را بگویم، طنین این جمله‌ها برایم خوشایند است. آدم با گفتن چنین جمله‌هایی خودش را در آن بالابالاها حس می‌کند. دست‌کم خودش را در جایگاهی بالاتر از بهرام و کتایون که می‌بیند!

در آخر دوست دارم این چند جمله را هم بخوانید. پرسش‌هایی که در آخر می‌آید سال‌هاست که فکر مرا مشغول کرده و البته پاسخی برایشان ندارم:

وقتی شش هفت میلیارد آدم روی کره‌ی زمین زندگی می‌کنند، پس باید زندگی کردن امر ساده‌ای باشد. چیزی در دسترس همه، و اینکه می‌شنویم انسان یک‌جور حیوان است با همان غریزه‌ها و خواسته‌های جسمانی که هر حیوان دیگری دارد، باز تأیید و تأکیدی است بر این توهم که زندگی کردن باید ساده باشد. امّا پس این چیست که نمی‌گذارد به سادگی و در آرامش زندگی کنیم؟ انگار چیزی توی فضا هست، چیزی که ما را احاطه کرده و بر ما حاکم است و دیدنی نیست.

آخرین باری که بهرام را دیدم در جشنی بود که یکی از گروه‌ها برای شب یلدا گرفته بود. آخرهای جشن بود. آبجو خورده بودیم و در صف توالت ایستاده بودیم. آن صف مرا به یاد اولین روز آشنایی‌ام با بهرام انداخت. اول صبح بود. ما را در کشتی Norröna جا داده بودند. حدود هزار نفر بودیم. زن و مرد و کودک، سفید و سیاه و زرد، دست‌راست و چپی، سیاسی و غیر سیاسی. دل‌پیچه داشتم و صف طولانی بود. بهرام که دید گفت: تو که از درد سیاه شده‌ای! و جایش را به من داد و سه نفر جلو افتادم.

آخرین شبی که بهرام را دیدم، به او گفتم:

"بهرام، جانِ تو این شعر است که گفته‌ای یا معادله‌ی سه مجهولی؟ تخت‌خواب پروکوست، قصر، کاف."

گفت "نمی‌دانم! این چه شعر باشد چه نباشد، چیزی است که از ذهنم دور نمی‌شود. برو "قصر" کافکا را دوباره بخوان ببین ما همه مستر کاف هستیم یا نه. داستان پروکوست را هم که می‌دانی. پروکوست یا پروکوئست یک تخت آهنی داشت که آدم‌ها را به آن می‌بست. اگر بلندتر بودند، زیادی‌اشان را قطع می‌کرد، و اگر کوتاهتر، آن‌قدر می‌کشیدشان تا اندازه‌ی تخت بشوند. پیش از انقلاب، خودمان شده بودیم پروکوست و حالا همه در زیر طاق‌های این دهکده‌ی جهانی در صف ایستاده‌ایم تا یک‌اندازه‌امان کنند. سهل، ممتنع و موجز! مگر این‌ها سه‌تا از نشانه‌های شعر نیستند؟"

و جوری خندید که نفهمیدم جدی است یا شوخی.

اما وقتی بهرام می‌گوید سیستم، من دوست دارم به جایش بگذارم "تمدّن". من می‌گویم ما از همان اول صبح که از خواب بیدار می‌شویم به تمدّن بدهکاریم، او می‌گوید "سیستم چیزی از ما می‌خواهد". اما نظر بهزاد این بود که در رابطه با تمدّن، ما همزمان هم قربانی هستیم، هم طلبکار، و هم به آن بدهکار؛ و می‌گفت این تاوان فاصله‌گرفتن از طبیعت است.

You will settle down

A Novel by

Massoud Kadkhodaee

First published 2015 by Samar Book

Second published 2017 by Diyare Ketab

ISBN: **9788799468461**

دیارکتاب
DIYARE KETAB